小さな神たちの祭り

内館牧子

Makiko Uchidate

潮出版社

第一章

外国にいた日本人が、成田空港に降り立つと感じると聞いた。

「日本は醤油《しょうゆ》の匂《にお》いがする」

それは「帰って来た……」と思わせるのだろう。

仙台は杜《もり》の匂いがする。

街の真ん中を涼やかな広瀬川が流れ、定禅寺通《じょうぜんじどおり》の並木は行きかう人々を緑に染める。青葉山や八木山の杜は深く、都《みやこ》はその匂いをさせている。

谷川晃《あきら》は、仙台から二六キロほど南の町、亘理町《わたりちょう》で生まれ育った。

亘理は東に太平洋の黒潮を、西には阿武隈《あぶくま》高地を臨む美しい町だ。仙台から常磐《じょうばん》線でわずか三〇分ほどに位置しているが、表情はまた全然違う。

太平洋沿岸部ということで、海産物の宝庫である。さらに、いちごの産地として、その名は全国に轟《とどろ》く。町の至るところに栽培ハウスが並ぶ。

亘理に帰って来た人は、きっと感じるだろう。

「亘理はいちごの匂いがする」

谷川家もいちご農家で、家族総出で作っている。


二〇一一年三月十一日、晃は洗面所の鏡をにらみ、整髪料で懸命にヘアスタイルをきめていた。

四月から東京で大学生になる。今日はアパートの契約をしたり、新生活の雑務をしたりで東京に行く。日帰りだ。

「雑務」と言っても、実は何もない。

契約を済ませたら沢村純《じゅん》と東京を歩くのだ。二人は幼稚園からの幼な馴染《なじ》みで、同じ帝都文理大学に合格した。これから住む東京を、二人でバカ話をしながら歩くのは、考えただけで心が弾《はず》む。

今、東京と地方都市の差はほとんどない。だが、誰か一人にでも「田舎くせえ」と思われたくない。ヘアはきめねばならない。

ふと窓の外を見て思わず声が出た。

「いい天気だなァ」

空はよく晴れている。だが、寒暖計は二・一度。寒ぃ。

隣人の山田トシが、マフラーを何枚も巻いて道を掃いているのが見える。登校する小学生たちに声をかけている。いつもの風景だ。

「おはよう！　車に気ぃつけさいよ」

トシは八十を過ぎているだろう。晃が生まれる前から毎日、道を掃いている。

「ついでだァ」と隣近所の前もだ。

小学生の頃は、晃もよく声をかけられた。

「アキちゃん、右見で左見で渡んだよ」

晃は洗面所の窓を少し開けた。春浅い風が吹き込んでくる。二・一度のどこが春なのだと、そう思うのは他所者《よそ》だ。

北国の人間にはわかる。三月十一日ともなれば、光にも風にもすでに春の子供がいる。

「よしッ。こんなもンか」

全身をチェックしていると、弟の航《わたる》が入って来た。

「なァ、兄貴。俺も東京、一緒に行く」

四月には亘理農業高校の二年生になる。

「航、しつこいんだよ。今日は沢村と一緒に、やることいろいろあるって言ったろ」

「だから、俺、絶対に兄貴たちの邪魔しないって。一人で中古屋回って、KEYTALK《キートーク》のレアなCD探したいんだよ」

「だったら別の日に一人で行け」

「言ったろ。大学に入る兄貴のモロモロを、下働きしなきゃなんなくて……って言うと、学校休みやすいって」

「すぐ春休みだろうが。いつでも一人で行ける」

「どうしてもダメかよ」

「ダメ。最終の新幹線で帰るから、ホント、時間ないんだって。やること多くて、分刻みなんだよ」

航は後手に持っていた細長い箱を出した。

「入学祝い、買ってある」

「オッ！　気がきくなァ。サンキュー」

晃が笑顔で手を出すなり、細長い箱はサッと引っ込められた。

「やろうと思ったけど、やらねえ。俺が使う」

航は、

「連れてってくれたっていいのになァ」

と、恨みがましく言い残すと、細長い箱を手に洗面所を出て行った。

実は晃はよくわかっていた。何かを買ってやらねばならないのは、自分の方なのだ。東京の大学で好きに生きられるのも、航がいればこそである。

晃はいちご農家を継ぐ気は、まったくなかった。ハウス栽培とはいえ、自然相手の仕事だ。一家総出で、腰をかがめて育て続けても、いい結果が出るとは限らない。ならば将来、自分は何をやりたいのか。晃に考えはない。ただ、東京で多くの経験をして、世界を相手にする何かがやりたい。今は具体的にはないが、必ず何か見つかるはずだ。そう思っていた。

父の広太郎《こうたろう》は、長男の晃が家業を嫌い、認めていないことはわかっていた。それは家業の否定であり、気持ちのいいものではなかったが、自分の人生は自分が決める。そういう時代なのだと納得していた。

そんな中、次男の航が、

「俺、ジイチャンと親父の跡継《あとつ》ぐ。三代目になる」

と宣言したのである。まだ中学一年生だった。

広太郎は、

「無理すっこどね。晃も航も好きなごどやれ」

と幾度も言った。

息子二人の父親として、一人にだけ好きなことをさせる気はなかった。

航は勉強もスポーツも万能だった。中学の担任は、仙台で一番の進学校にも合格確実だと、家を訪ねて来たほどだ。しかし航は聞く耳を持たなかった。

「俺、亘理のいちごを世界ブランドにしたいんです。隣のクラスの山本や池田や、何人もがそう言ってます。すごくやり甲斐《がい》があります」

そう言って、地元の亘理農業高校に入学した。山本や池田や、同じ中学から一〇人もが行った。

祖父の行雄《ゆきお》も広太郎も、表立ってはそれを喜ばなかった。おそらく、フラフラしている長男の手前もあった。だが、内心ではどれほど嬉しかったことか。晃はできのいい弟に対し、そして将来を見据えている十五歳に対し、何がしかの劣等感を持つことはあった。

だが、そんな弟のおかげで、自由に生きられる。今となっては、その方がありがたかった。どう考えても、大学入学を機に、何かお礼をするのは、兄の方なのだ。

合格した帝都文理大は二流私大だが、東京で暮らすことは間違いなく大きな実りをもたらす。何の根拠もないが、晃は確信していた。東京でなら、多くの出会いもある。職種も多いし、人脈も広がる。

ヘアをきめた晃が居間に入って行くと、家族そろって朝食の最中だった。祖母の良子《りょうこ》も、母のクミも家業の働き手だ。

「晃、航のこど、連れでってやれ。一人で動くって語《かだ》ってんだす」

漬け物に手を伸ばしながらクミが言うと、良子も同意した。

「んだよ。兄ちゃんが東京の人になる前《めぇ》に、兄弟で旅したいんださ。わがってやれ」

航が放り出した細長い箱が、こたつの上にあった。本人は無言で食べている。

「みんなそう言うけどさァ、ホント、俺と沢村、やることいっぱいあるんだって」

行雄が音をたてて味噌汁を飲み、とりなした。

「ま、十六にもなる弟を一人連れてだったて、負担になるわけねぇけど、やるごどいっぺあって日帰りだべ」

「そうなんだよ。航、四月になったら兄ちゃんのとこに泊めてやるから、いくらでも来い」

航はうなずき、笑顔を見せた。

「うん、俺もさ、兄貴が沢村と二人で東京を回りたい気持ち、わかるからさ」

「お前、さすがだな。親父、こういう次男が跡継いでくれるのは、心強いよなァ」

広太郎は納豆をかきまぜ、答えなかった。

「航はこうやって人の気持ちもわかるしさ、いちご農家のリーダーになれるよ。ご先祖様にも顔が立つ。な、ジイチャン」

かつて、谷川家は代々続く米農家で稲作をやっていたが、天候に影響されて収入が安定しない。いちごは、稲作よりは収入が安定している。そう言われており、周囲は、ハウス栽培のいちご農家に転向し始めていた。

谷川家もついに、行雄の代で稲作をやめた。先祖からの稲田は、いちごのハウスに変わった。

やがて、行雄は長男の広太郎に仕事を任せ、自分は繁忙期だけ手伝うようになった。そして、道楽のような兼業を始めた。

タクシー運転手である。若い時から車の運転が好きで好きで、念願の仕事だった。以来、知人が営む「常南《じょうなん》タクシー」に所属し、楽しげに客を乗せている。

それまで黙々と納豆メシをかっこんでいた広太郎が、突然、箸を置いた。

「晃、東京で少しでもイヤな目に遭ったら、ケツまぐってすぐ帰《けえ》って来い」

みんなが同時に笑った。それはそうだ。

「まくるも何も、俺、日帰りだよ」

広太郎の目は笑っていなかった。

「今から心に留めておげ。東京は一人勝ちとか何とか、いい気になりやがってろくたなとごでねぇ。晃、わがってるな。今からケツまぐる稽古しとげ」

さらに笑う家族をよそに、広太郎はニコリともしなかった。

朝食を終え、晃はバックパックを背負って外に出た。

浅い春の光と風を、体いっぱいに吸い込む。

谷川家の屋敷は、古いが大きい。庭も広い。庭の隅にはまだ蕾《つぼみ》も固い桜の木が、空に向かって枝を伸ばしていた。その根元に「小太郎」と書かれた犬小屋がある。

小太郎は元捨て犬の雑種だが、リコウな上に愛らしい。推定十歳か。

小太郎は良子に抱かれ、広太郎、クミ、航と一緒に見送りがてら庭に出ていた。

クミが桜の木を見上げ、

「今日は三月十一日がァ。あど一か月もすっと桜だねぇ」

と言うと、晃も見上げた。

「バアチャン、桜が咲くと必ず歌うのな」

良子は応えるように歌い出した。

「どうしておなかがへるのかな。けんかをするとへるのかな」

航がぼやいた。

「俺なんか、それが桜の歌だとずっと思ってたもんな」

「俺だって、だよ。桜が咲くと必ず歌うんだもんよ」

門の外でクラクションが鳴った。行雄がタクシーの運転席から降りて来た。

「そろそろ行くど」

行雄も桜の木を見上げた。

「すぐだな。どうしておなかがへるのかな」

家族のみんながこの歌に行き着く。

六人と一匹がそろって見上げる空は、早くも霞《かす》んでいるようだ。

いい朝だった。

この後、午後二時四六分に、関東大震災や阪神・淡路大震災を超える大地震と、一〇メートルもの巨大津波に襲われることは、誰も予想だにしなかった。

タクシーの助手席に乗り込むと、晃は窓を開けて叫んだ。

「カーチャーン、今晩カレーにしてッ。最終で帰るから、俺の分取っといて」

「オッケー。晃の好きなチョコレートだのインスタントコーヒーだの、隠し味つけて作っとくから、気をつけて行ぎなァ」

走り出して振り返ると、四人と一匹はまだ見送っていた。

「ジイチャン、見てみな。笑っちゃうよな。みんな、まだ手振ってるよ」

これが四人と一匹を見る最後になった。

晃を送り届けて帰宅した行雄も含め、谷川家は晃だけを残して全員が津波の犠牲になった。小太郎もだ。

「な、ジイチャン、このオーバーな見送りが東京に引っ越す日ならわかるよ。今日は日帰りで、夜にはカレー食ってんのによ」

「今日は日帰りでもな、お前《めえ》が東京に行く日がいよいよ近づいてきた気がすんだよ。そりゃ寂しいべ」

少し胸に響いたが、それを隠して力強く言った。

「いい加減、子離れしてもらわないとなァ。航っていう頼もしいヤツがいるんだし」

「そうは言っても、六人家族プラス小太郎で賑やかにやってきて、一人減るんだ、寂しいべ」

夏休みや年末はもちろんのこと、できるだけ帰ると言ってるのに寂しがる。だが、家族とはそういうものだろうと、晃も思った。

もっとも晃にしても、東京の新生活にはときめくが、家族のいない生活と思うと少ししんみりする。

「沢村の家、回っか？」

「いや、いいい。あいつとは仙台の新幹線ホームで会うことになってんだ」

沢村は親戚の結婚式のため、昨夜から一家で仙台に泊まっていた。

「晃、花見には帰《けえ》って来いよ」

行雄が公園沿いの桜並木にハンドルを切った。

「うん。バアチャンの『どうしておなかがへるのかな』を聴きに帰るよ」

「たぶん、良子は初めて花見やった日、腹減ってたんだべな」

見慣れた亘理の風景が、今朝は特に輝いて見えた。たぶん、四月からの新生活に心躍っているからだろう。行雄の「超」がつく安全運転にも、腹が立たなかった。


東京に着くなり、晃と沢村はアパートの契約を済ませた。

大学の一、二年生は世田谷区経堂《きょうどう》キャンパスに通う。二人は別々のアパートだが、同じ経堂駅だ。最低家賃の一間なのに、六万円もする。さすが東京だ。

契約が終わると、あとは何の用もない。二人は新宿を弾んで歩き、都庁の展望室にのぼった。

地上四五階、二〇二メートルの眼下に大東京が広がる。東京タワーもスカイツリーも見える。一面にタワービルが林立し、高速道路が縦横無尽に走っている。

それは亘理とは対照的な風景だった。気温も高いのだろう。空は本当に春霞がかかっているようだった。

「俺ら、東京に何回も来てるし、今さらどうってことないけど、ここの住人になるんだと思うと……」

沢村が景色を見たまま言った。

「うん、また違うよな」

「やっぱりすごいよ、東京」

その後、二人はおし黙って、どこまでも続くビル群を眺めていた。

突然、沢村が言った。

「昼メシ、学食で食おうよ」

「春休みだよ。開いてるか、大学」

「開いてるよ。中学じゃないんだからさ」

言葉通り、大学の正門は開け放されており、多数の男女学生が出入りしている。

二人は「帝都文理大學」と旧字で彫られた正門を見上げた。その奥に、クラシックで歴史を感じさせる時計台が見える。

「晃、何か伝統大学って感じするよな」

「うん。二流だけどな」

「言うなって」

社会というところ、人生というもの、先々にどんなことが起こるかわからない。二流大を出た人間が、ハーバード大卒に勝つことだってありうるのだ。

人生は先々の予測がつかない。だから諦めてはならない。

まさかこの後、予測もしない大地震と大津波が家族を襲うとも思わず、晃は今後の人生が開ける予感がしていた。

そして、東京の私大に行かせてくれた両親を思った。中腰になり続けていちごを作り、その金で大学に行かせてくれる。

航の笑顔も浮かんだ。

――航、来月は兄ちゃんとこ、泊めてやるからな。

学生食堂は、地図によるとキャンパスの東側にある。さほど広くもないキャンパスだが、迷った。やはり大学は違う。

通り過ぎた女子学生に聞くと、細い指で一角を示した。この程度の顔は日本中にいる。だが、何だか垢抜けて見える。

学食はおしゃれなカフェのようだった。天井《てんじょう》近くまでガラス張りで、明るい。中央部分は吹き抜けになっている。

サークルか何かで登校しているのか、相当数の男女学生がいた。外のウッドデッキに出て、飲んだり食べたりしている学生も少なくはない。

亘理ほどではないが、東京も風はまだ冷たい。それでも外に並んだテーブルを囲む学生たちの、マフラーの巻き方やスタジャンの着方がカッコよく思える。

――俺も帰省する時は垢抜けてやる。やっぱり東京の水で洗われたねえ……とか言わせたりな。想像するだけでいい気分だ。

トレイにラーメンを載せた晃と、カレーを載せた沢村は窓側のテーブルについた。棚に設置されたテレビは、音声を絞ってあるが、午後のワイドショーを映していた。

画面の上部に「2：42」と、時刻が表示されている。

「沢村、このラーメンうまいわッ！　二五〇円でこの味はたいしたもんだ」

「お前、カレーが好きなのに、今日はラーメンかよ」

「うん。今日、カーチャンがカレー作っとくって。帰ったら食うから」

「それでか。なァ、この学食で朝メシも食えるんだってよ。貼り紙があった」

「俺も見た。洋定食、和定食。一人暮らしでも困んないな」

「な。大学ってすげえな」

その時だった。

学生たちの携帯電話から、緊急地震速報のアラームが鳴った。誰もがあわてて確かめている最中《さなか》、突然、激しい揺れに襲われた。

学生たちが身構えると、揺れはさらに大きくなった。ショーケースやテーブルが音をたてて倒れ、天井の蛍光灯が次々に落下した。

「地震だッ」

「もぐれッ！」

あちこちで声がして、晃と沢村もテーブルの下にもぐり込んだ。テーブルの脚をつかんでいても、経験したことのない揺れに、姿勢が保てない。見えないが、何かが次々に落ち、倒れているらしい。激しい音が学食に鳴り響き、あちこちで女子学生の悲鳴が起きた。

それが二分ほど続き、おさまった。

学食内は静まり返っている。

晃も沢村もテーブルの下から出られなかった。衝撃なのか、余震への恐怖なのか。たぶんその両方だろう。

やがて、学生たちがソロソロとテーブルの下から出てきた。晃と沢村も目を見かわし、出た。

その惨状に、どの学生も黙って突っ立っている。壁のあちこちがはがれ、大破した窓もあり、天井が落ちているところもある。テーブルの下にもぐらなかったら、晃も沢村も大量のガラスの破片をかぶっていただろう。

「地震か?」

「たぶん……」

二人はすぐに携帯電話を取り出した。だが、まったくつながらない。

ほとんどの学生も同じことをやっており、

「つながらない」

「震度いくつだ⁉」

などと騒いでいる。しかし、誰の携帯もスマートフォンもつながっていないようだ。

すると、学生の一人が大声で叫んだ。

「震源地、東北の太平洋側ッ。気象庁は岩手、宮城、福島に大津波警報を発表ッ」

彼が叫ぶ先に、テレビがあった。テレビは棚から落下するすんでのところでとどまり、斜めになっている。緊急ニュースを伝えるキャスターが、東北地方の地図を示した。

岩手、宮城、福島が大変なことになっている。晃も沢村も、ぼんやりとそう考えるだけで、頭も時間も止まっているようだった。

学生たちの中には、帰宅しようと外に飛び出した者もいた。だが、多くは戻って来た。

交通機関はすべてストップし、道路は渋滞どころかまったく動かない。電車も車も用をなさない。歩いて帰れる学生以外は、ここにいるしかないのだ。

傾いたテレビが午後四時を伝えた。

東北地方の様子が、時間と共にわかってきた。画面には倒壊した家々、津波に呑《の》まれたままの町、泥水に沈んだ農地などが次々に映し出される。キャスターの声が、緊迫度を増している。

「震源域は岩手県沖から茨城県沖にかけての長さ五〇〇キロメートル、幅二〇〇キロメートルとされ、マグニチュード八・八。最大震度七」

呼吸を整えるかのように一息おき、続けた。

「岩手、宮城、福島の沿岸部は多くの死傷者、行方不明者が懸念されております」

晃の頭に、いつまでも手を振っていた四人と小太郎が浮かんだ。どこに旅しようが、いつも玄関でクミだけが見送るのが常だ。なのに……みんなが。何かを感じていたとしか思えなかった。

——まさか、みんな……死んでないよな。俺を送ったあと、ジイチャンはどうしただろう……。

学食に一台あるだけの公衆電話には、学生が長い列を作っている。

テレビの画面が切りかわり、津波の濁流に呑まれた町が映し出された。住宅も店舗も濁流の下で、町そのものが消えていた。人の姿もまったく見えない。

「晃、これどこの町だ？」

沢村が言った時、キャスターが伝えた。

「現在の宮城県名取市の映像です」

沢村がうめいた。

「ウソだろ……名取かよ」

名取市は宮城県南部に位置し、太平洋に面している。北は仙台と隣接し、東北線で一〇分の距離だ。被害が大きいとされた閖上《ゆりあげ》地区は名取市にある。

――名取がこれじゃ、亘理もだな……。

晃は声に出すと、本当にそうなりそうな気がして、心の中で思った。だが、沢村は声に出して言った。

「晃、名取がこれじゃ、亘理も同じだよ。そう思わないか」

無神経だと思ったが、こらえた。こんな時、喧嘩《けんか》して一人になるのは恐い。

――ああ、航を東京に連れて来ていれば。どうして連れて来なかったんだ。何の用もないのに忙しいとウソを言って。どうしてもダメだって……諦めさせた。

黙りこくっている晃を見て、沢村は心中を察した。

「晃、心配しすぎるな。航はあの通りリコウで体力もあるから、家族を誘導して高台に避難してる。絶対にそうだよ」

晃は低い声で言っていた。

「無責任な励まし、やめてくれよ」

「え？」

もはや、こらえきれなかった。

「お前は全然心配いらないもんな」

正面から沢村を見た。

「ラッキーだよな。たまたま昨日から、家族全員が仙台だ。沿岸部を離れて、内陸にいりゃ、少なくとも津波は来ない。心配ないよな」

「それは違うよ。仙台はたまたま行ってただけで、家は亘理だよ。たぶん流されて、もう跡形もないと思う……。ラッキーだ、心配ないなんて無責任なこと言うの、やめてくれよ」

「……そうだな。ごめん」

謝《あやま》っておいたが、沢村は根本的に間違っていると思った。まだ確認は取れないにせよ、おそらく家族は全員が仙台で助かっている。

生きてさえいれば、人は乗り越えられる。新しく生き直すことも、力を合わせることもできる。人の死と、家が流されたのは同列に考えられない。口には出さなかった。

「晃、こっちこそごめん。そんな風に取られると思ってなくて」

「いや、俺にしたってさ、みんながどうなったか、まだ確認取れてないんだから、沢村の言う通りだよ。死んだと決めて心配しすぎることはないよな」

沢村はホッとしたようにうなずいた。

テレビの画面は東京に切りかわっていた。

暗い夜道を、人々が黙々と歩いている。黙した人波は、大きなうねりになっていた。

「東京の台場では、ビル火災が発生しました。すべての交通機関は止まっており、人々は歩いて自宅に向かっています」

晃は画面を見ながらも、四人と一匹の姿ばかりが浮かぶ。春浅い空の下、いつになくずっとずっと、タクシーが見えなくなるまでずっと、大きく手を振っていた。そればかりが浮かぶ。

不吉な予感は、時間と共に大きくなる一方だった。

後に「東日本大震災」と名づけられた災害は、全国で死者一五、八九九名、行方不明者二、五二七名（二〇二〇年十二月十日現在）、避難者数は最大四七万名を数えた。当初、八・八と発表されたマグニチュードは、国内観測史上最大の九・〇に訂正された。

想像を絶する大災害だった。

大震災から一か月あまりがたったが、亘理のライフライン復旧のめどは立っていなかった。実際、完全復旧は十二月十一日。住民は三月十一日からちょうど九か月間、耐えて暮らしてきたのである。

役場庁舎も大被害を受けており、情報提供ができない。水道も電気もない中で、復旧の様子もわからず、人々の苛立ちはつのった。

むろん、懸命な復旧作業は続いていた。とはいえ、ガレキの堆積で、思うように作業も工事も進まない。

さらに、余震の心配もあった。

それでも、亘理町荒浜地区では大型クレーンが三台入り、漁船や釣り船の引き揚げ作業が始まっていた。

三月十一日は休漁期間中で、ほとんどの船がつながれて岸壁にあった。そこに大津波が襲ったため、接岸されていた八四隻のうち、八二隻が津波に呑み込まれた。津波の勢いで、民家に突っこんだ船もあった。

そんな数々の船をクレーンで回収することに、復旧の希望を実感する人も多かった。

行方不明者の捜索は、連日連夜、休みなく行われた。重機が轟音《ごうおん》をあげ、警察も消防も自衛隊も働き続けた。

晃は三月十一日以来、大学の学生寮にいた。アパートは契約したものの、入居はできなかった。前の住人の契約が三月いっぱいなのだ。

寮からは、一歩も出る気になれなかった。大学にもまったく行っていない。四月十五日に入学式があるはずだったが、それは中止になった。家族とは今もって連絡が取れず、知らせもなかった。

そして四月二十五日、東北新幹線の東京―仙台間が再開された。居ても立っても
いられず、手を尽くして乗車券を取った。
以来、亘理の避難所に寝泊まりし、日本中から集まったボランティアと、来る日
も来る日も捜し続けた。
一日の大半は、軍手をはめた手にスコップなどを持ち、泥だらけになっている。
遺体が見つかった家族や縁者は、日ごとに増えていく。だが谷川家の五人は、誰
一人として出てこない。小太郎もだ。
もう生存の希望はない。晃ははっきりとそう思っていた。一か月がたつのだ、一
か月が。
もしもどこかで生きているなら、どんな方法であれ、連絡できるはずだ。それが
まったくない。
――死んだな、みんな。
晃は今日も朝から捜索した。大きく息を吐き、汗を拭《ぬぐ》いながら、そばの石に腰か
けた。五月の連休を過ぎ、「どうしておなかがへるのかな」の桜は、葉桜になって

いる。

今日も見つからなかった。

――俺も一緒に死にたかった……。何で俺一人、残すよ。

家のあったところには、一度だけ行っていた。二度と行きたくない。あまりの変わりように、涙も出なかった。

隣のトシはあの日、仙台の病院で定期検診を受けていた。つき添いの娘も無事だったが、家は跡形もない。

トシは背を丸めて避難所に座り、くぼんだ目から涙を流した。

「アキちゃん、私、家のあったどごには絶対《ぜって》行がね。もう道を掃こうったって、道がどこだがわがんねって、娘が語《かだ》ってだ……。小学校も流されて、子供なんか一人もいねって。『気ぃつげさいよ』って声かける日が、ずっと続くと思ってだよね」

晃はいつでも元気ぶるようにしていた。「何で俺だけ残した」だの、「俺も死にたい」だのと言ったところで、めめしいヤツと思われるのがオチだ。

敢然と前を向き、明るくさえ見えるようにしている方がいい。これは他人に対して、晃にできる唯一のガードだった。

というのも、避難所で話しかけてくるのは、トシしかいなかったのだ。他の人たちも水を持ってきてくれたり、薬を分けてくれたり、何かと助けてくれる。

だが、用を済ますとそそくさと、そばを離れて行く。

その理由はわかっていた。家族五人と愛犬を一度に失い、一片の骨さえ見つからない晃と、どう接すればいいかわからなかったのだ。無責任な励ましや慰《なぐさ》めは失礼だ。そう思ったのだ。

大切な家族を失った人は多かったが、家族全員というのは、ここでは晃くらいだった。

晃は助けてくれる人たちに、いつも、

「ありがとうございます。俺が力になれることがあれば、いつでも言ってください。赤ん坊背負うのもうまいですよッ」

と明るく言う。

すると、多くの人はホッとした表情になる。今もトシに言った。

「家のあったとこ、俺は一回だけ行ったけど、だだっ広い原っぱになってたもんな。でもさ、思ったよ。かえってよかったなって」

トシは涙を拭《ふ》きながら、晃を見た。

「だってそうだろうよ。あそこまで変わっちゃうとさ、もう思い出もヘッタクレも出る幕ないからな。みんなして新しい町作るには、更地の方が絶対いいよ」

トシは泣き笑いした。

「アキちゃんみでな若《わげ》え人いんのは、いいっちゃね。力湧ぐ」

これから一人でどう暮らせばいいのか。いつもそう思っていることは、絶対に誰にも言わない。自分が弟を死なせたと苦しんでいることや、一片の骨さえ見つからない悲しみもだ。全部、「明るいアキちゃん」の下に押し込める。それでも、他人は話しかけにくいのだ。

翌朝、捜索を始める前に、晃は家のあった場所に行った。二度と行きたくはなかったが、あることを決心していた。それを家族に報告しなければならない。

行ってみると、被害のあまりの大きさに改めてたじろぐ。復旧は目に見えて進んでいるようには思えなかった。あれほど大きかった自宅も、家族の男四人で作った農具小屋もない。桜の木も濁流に呑まれたのだ。根元にあった小太郎の小屋などあるわけもない。単なる原っぱだ。

道の両側に積まれたガレキも、まだフェンスのようだった。

五月の原っぱには好き放題に雑草が茂り、隣との境界線もまったくわからない。何があろうと、こうして自然はその季節が来れば元気に姿を見せる。

たくさんの家が流されたからだろう。震災前は見えなかった太平洋が、跡地から見えた。

群青《ぐんじょう》色の海原は、朝の光を浴びて穏やかに輝いている。

――あの時、どうして航を連れて行かなかったんだ……。

また思った。よく、「片時も忘れることはない」と言うが、二四時間絶え間なく思っているわけではない。

だが、朝起きた瞬間だったり、避難所でトシと話している時だったり、炊き出しの握り飯を食べている時だったり、いつでもどこでも「あの時、どうして――」という後悔がすべり込んでくる。これが「片時も」なのだろう。

航にあんなに頼まれたのに、平気で断れたのは家族だからだ。

沢村と二人で東京を楽しみたかった。それはもちろんだ。だが、もしも「俺も連れてって」と言ったのが、友達や他人だったら、断りきれなかっただろう。一人でCDを探させ、一緒に駅弁を食べながら帰ったと思う。

家族には遠慮がない。思ったように我を通し、また、我を通される。家族も個々の人格を持った者の集まりだ。なのに、人は当たり前のように、「家族」と「家族以外」に分ける。

――俺は「家族以外」しか持たない人間になったんだ。避難所で話しかけにくいのもわかるよな……。

晃は母屋があったあたりに立ち、決心を告げた。

「俺、大学辞めるから」

二か月少し前まで、ここに家があり、家族みんながいた。小太郎もじゃれていた。あれは夢だったのかもしれない。

三日後、晃は大学の正門を見上げた。三月十一日以来だ。ゴールデンウィーク後に開始された授業には、一度も出ていない。

「晃ッ！」

振り返ると、沢村がいた。新しい男女の友達三人と一緒だった。その表情から、早くもキャンパスライフを楽しんでいることがわかる。

沢村は友達と離れ、晃の前にやって来た。日に焼けて、亘理にいた時より精悍《せいかん》に見えた。

「やっと大学に戻る気になったか。安心した」

何か言いかける晃を、沢村は手で止めた。

「一切、心配ないよ。授業は始まったばかりだし、どの学部にもかなり東北の学生がいるらしいんだよ。で、大学側も出欠とか考えてくれてるから」

沢村は心底喜んでいた。

あの日、晃と沢村の被害の大小は、とても比較にならなかった。

沢村は家族を一人も失わなかった。自宅は高台にあったため、津波の被害も受けなかった。地震によって、家は半壊し、家具類もメチャクチャに壊れたが、それで済んでいた。

沢村は震災以来ずっと幼な馴染みの親友に会わせる顔がない気がしていた。さりとて「ごめん」と謝れば、晃はもっと傷つくだろう。

電話とメールを一回ずつ入れたが、

「今は捜すのに必死で、大学どころじゃないよ」

と笑って答えられただけだった。

谷川家の全員が見つからないことを、沢村は母親から聞いていた。しかし今、どうにか大学に来られる心境になったのだろう。そう思い、やっと安堵した。

「晃、俺ノート持ってお前んとこに行くよ。お前に勉強教えてやる！」

晃は穏やかな笑顔を見せた。

「ありがとな。でも俺、大学辞めるから」

「え……？」

「今日さ、退学届もらいに来たんだ。亘理にいる保証人にハンコもらわないとな」

「待てよ。お前、親に入学金まで払わせて、一日も出席しないで辞めるのか」

「その親を探すことに専念するよ」

沢村は黙るしかない。

「まだ、誰も見つからないからさ。小太郎まで出てこないんだから、イッチョマエだろ」

晃は冗談めかして言ったが、沢村は笑わなかった。もう引き止めることはできない。どうしようもないことだった。


仮設住宅もできあがり始め、少しずつ避難所から移る人が出てきた。

トシは山形にいる息子に引き取られることになり、泣いて晃の手を握った。

「アキちゃん、元気でいさいよ。頑張らいん」

「うん。何があっても『右見で左見で』行くからさ、心配いらないよ」

トシは声をあげて泣き、迎えに来た息子に引きずられるようにして、出て行った。

晃の大学の保証人、伊藤玄次《げんじ》は四月二十九日に仮設住宅に入ったところだった。広太郎とは幼い頃から、とびっきり仲がよく、かなり早くにいちご農家に転向していた。行雄と広太郎に、転向を強く勧めたのも玄次である。

一人娘は就職して関西におり、無事だった。妻は倒壊した自宅の下敷きになり、死んだ。遺体は早くに玄次が見つけた。

こうして、仮設住宅の九坪の2DKに一人暮らしだ。だが、エアコンから照明器具、カーテンまですべてついている。日本赤十字社から寄贈された洗濯機、冷蔵庫、テレビ、炊飯器、電子レンジ、電気ポットまでそろっていた。

「玄さん、東京でここ借りたら、家賃高いよ」

晃が室内を歩きながら言うと、玄次は鼻で笑った。

震災前、玄次の家は二〇〇坪の敷地に七〇坪の家が建っていた。仲間が酒や肴《さかな》を持ち寄って集まっても、妻が書道教室を開いても、また、娘が友達を連れて帰省しても、ゆとりがありすぎるほどの家だった。

それが今では妻もなく、いかにも「仮設」という安普請二間の九坪だ。仕事のめども立たない。いちごハウスも九割方はダメになっていた。

玄次は四畳半の居間に座り、晃に茶を出した。

室内には洗たく物がかかり、安っぽい卓袱台《ちゃぶだい》やタンスがあった。隣の部屋から、たたんで積まれた布団《ふとん》が見えた。

晃はバックパックから退学届を出し、正座した。首に巻いていたタオルを外し、用紙を広げた。玄次は目を留めたが、何も言わなかった。

「ハンコください」

晃は頭を下げた。

ズボンのポケットから泥のついた軍手がのぞいていた。

「今日もずっと捜してるけど、全然見つかる気配もなくて。玄さん、わかってくれるよな。五人と小太郎見つけるまでは、俺、大学どころじゃないもんよ」

晃はぬるくなった茶を飲んだ。

「あーあ、俺、何で航を東京に連れて行かなかったかなァ。なァ。夢に出てくれりゃ謝るけどさ、出てもくれないよ。そりゃそうだよな。俺のせいで死んだんだもんなァ」

　元気ぶって言いながら、晃は涙ぐみそうで、あわてて残りの茶を飲んだ。

「晃、大学を辞めて地元で就職でもする気が？」

「いや。五人と小太郎を探す」

　玄次は窓の外に目をやった。五月の窓は晴れ渡っていたが、あまり陽は入らない。

「よっぐ聞げ。時間はどんどんたつ。お前《めえ》だってすぐに就職して家族を持つべ。今は、日本中が復旧復興のために盛りあがってっけど、見でな。いいとこ、もって二年」

「もって……二年？」

「ああ。日本中がすぐ忘れっから。十年たったら、『二〇一一年に災害があった』と、歴史になってる。どんどん風化する。どんどん」

　玄次は正面から晃を見た。

「それが人の世ってもんだ。誰も責めらんね。お前が何もかも捨てて、捜し続ける気持ちはわがる。んだけどそれはやめろ」

「……やめたくない」

「もう一度言う。十年たったら、この震災は『歴史』になってる。年表に出てる。自衛隊だってボランティアだって、これからどんどん減ってぐ。誰よりも政治家が忘れる。俺はそう思うど」

「それは俺もわかってるよ。だけど、先々を考えるより、まず今だろ。俺は今、何としても一人でも捜す」

「晃、人間には『打ち切り時』ってのがあんだ」

晃は一瞬、黙った。しかし、はっきりと言い切った。

「俺にとって、大学は今が打ち切り時」

玄次が黙った。晃も黙った。

陽の入らない部屋の、窓の外だけが五月だった。

「なじょしても大学、辞めんのが」

「辞める」

「わかった。でも、忘れんでねぇど。俺はお前《めえ》の親父とガキの頃から仲がよくて、ずっといちご一緒に作《つぐ》ってきた親友として、すっかど言っておぐ。大学は辞めていいから、これだけは忘れんな」

「何を？」

「お前が幸せに生きるこどが、親父ら五人には何より嬉しいってこど」

玄次は何もわかっていない。晃はそう思った。

――みんな死んで、俺だけ生きて幸せになれるかよ。

玄次は茶ダンスから、ハンコと通帳を出した。

「玄さん、ありがとうございます。何とか捜し出して供養しないと、俺だけ東京の大学で幸せになってる場合かって」

明るくそう言うと、晃は退学届を広げた。押そうとして見ると、それは「谷川」というハンコだった。

「玄さん、このハンコ違う。『谷川』って、親父のか？　保証人の玄さんのがいるの。『伊藤』って、玄さんの」

「それ、お前の親父から預かってたハンコ。あど通帳な」

玄次は通帳を晃の前に押した。

「何これ」

「親父、語《かだ》ってだ。『晃は東京で金さ困っても、絶対に親には言わね。必ず玄さんに泣きつぐ』ってな。『そん時《とぎ》は、この通帳の金、玄さんのポケットマネーだっつって、貸してやってけろ』と渡されだ」

玄次は微笑《ほほえ》んでいるように見えた。

「お前《めぇ》の親父、自分は大学に行けねがったから、晃のことは楽しみなんだって語ってだよ。だがら金のために変なバイトされっと困るってな」

初めて聞く話だった。

東京で少しでもイヤな目に遭ったら、「ケツまぐってすぐ帰《けぇ》って来い」と言っていた広太郎は、まくる前の手も打っていたことになる。

「お前の親父はいちご作りなら超一流。それでも、長男が継がなくてもボヤキひとつねがった。東京の大学で、でっけぐなれって、ずっと金貯めてだ」

玄次は自分のハンコを取り出し、朱肉をつけた。

「辞めんだごって、親父のその金、自由に使え」

退学届にくっきりと、「伊藤」の判が押された。

「玄さん、ありがとうございます」

晃は退学届を両手で受け取り、頭を下げた。

外に出ると、夜もまだ八時だというのに、周囲は暗かった。プレハブ造りの仮設住宅が、ぴったりとくっついて六戸から八戸ごとに、並ぶ。

あくまでも仮の住まい、「仮設」だ。長く住む住居ではない。行政は少しでも早く、避難所から解放してやりたいと思うのだろう。だから、急拵《ごしら》えの長屋風になるのは致し方ない。

暗い中に、各家からもれる灯《あかり》だけがあった。高齢者はもう寝たのだろう。灯が消え、暗闇に溶けているプレハブ住宅が多かった。

かつては広い家で、家族そろって暮らしていたのに、一瞬にして奪われた。それも、本人には何の落ち度もない。

自然災害だからと諦められるものではない。朝に「行って来るよ！」と出て行った家族や子供が、夕方には帰って来なかった。遺体で帰って来た。

——残された者が、一緒に死にたかったたって言うの、わかるかよ。

家族や子供を失った人たちも、もう床《とこ》についているかもしれない。だが、そうしたところで眠れるわけがない。隣にいるべき人がいない悲しみを抱え、暗い天井を見ているだけなのだ。

——それが、もって二年だと。十年たてば「歴史」だと。「年表」だと。「誰よりも政治家が忘れる」ってか。たまんねえ。

雲に隠れていた月が、突然、姿を現した。大きな月だった。

暗く静まり返った仮設住宅を、月が照らす。

「月天心《つきてんしん》　貧しき町を通りけり」

ふと、高校の国語で習った俳句を思い出した。

勉強はまるでダメな晃だったが、芭蕉《ばしょう》やら啄木《たくぼく》やらの句や歌を、何人かが前に出て解説させせられたことがあった。

晃には、蕪村《ぶそん》のこの句が当てられた。「俺には無理」とふてくされる兄を、手伝ったのが航だった。まだ中学生だったが、図書室で本を借りてきたり、ネットで調べたりして、何とか体裁を整えてくれた。

月が貧しい町を照らしながら、ゆっくりと夜空を動いていく。今、月は仮設の長屋を照らしながら、ゆっくりと夜空を動いていく。初めてこの句がしみた。

――何であの時、航を連れて行かなかったかなァ……。

バックパックのチャックのすき間から通帳がのぞいていた。

広太郎が腰をかがめていちごを作り、クミが積み立てていった金だった。

晃は大きく息を吐いて、また月を見上げた。天心の光は、晃にもふり注《そそ》いでいた。

第二章

震災から四年がたとうとしていた。

晃《あきら》は卒業論文を書き上げ、その口頭試問にも合格していた。いよいよ四月からは社会人だ。

大学は辞めなかった。

自分だけ幸せになれない。その思いはずっと、強くあった。今もある。

だが、玄次《げんじ》と会って気がついた。入学金や半年分の授業料まで出させておいて、大学を辞めることは、親への裏切りではないか。生きていれば何と言うだろう。

晃はふたつの思いに悩んだ末に、大学に残ることを決めた。

玄次にそう報告した時、何だか肩のあたりが軽くなった。驚いたのは、その後、玄次があの通帳に三万円を振り込んでくれたことだった。

――親父、玄さん、俺はこの通帳の金には一銭も手つけないからな。

それがせめてもの気持ちだった。

以後四年間、節約とアルバイト、そして奨学金や大学の制度を利用して、とうとう卒業にこぎつけていた。

その夜、アルバイトの居酒屋に向かうため、晃は新宿を歩いていた。

沢村が紹介してくれたバイトだ。晃が大学を続けると言った時、沢村は本当に泣き出さんばかりに喜んだ。

――ずっと俺に申し訳ないと思ってたんだろうな……。お前が悪いわけじゃないのによ。

新宿はネオンがきらめき、車や人であふれ返っている。ファッションビルには、華やかな若い女性客が出入りし、高層のオフィスビルは大半の窓に灯《あかり》がついている。

東京は震災も津波も対岸の火事のように、以前と何ら変わらぬ勢いを見せている。

光と人と車の洪水だ。その騒音だ。

――何ごともなかったのだ。当事者以外には何ごとも……。

当事者は大きな喪失感を抱え、四年たっても、仮設住宅で不便な生活を続けている人も多い。この東京で、そんな現実に関心を持つ者がいるのだろうか。

――まだ四年しかたってないのに、もう歴史かよ。もう年表か？

十年たてばどうなるのか、恐ろしくて考えたくなかった。

「3・11」と呼ばれたあの日から、しばらくは東京の街も暗かった。被災地を思い、国民は本気で寄り添おうとした。自分にできることは何でもやる。それは間違いなく本気だった。

テレビも「ACジャパン」の公共的なCMばかりが流れた。たくさんの支援活動や募金が展開され、それは被災した人たちに力を与えた。

「自分たちは一人じゃない！」と。

だが、いつの間にか、なし崩しに街はきらめき、人があふれ返っている。テレビはすぐに、お笑い番組やバラエティを復活させた。CMも酒や化粧品や住宅会社など、とうに以前に戻っている。

そうすることは間違っていない。

震災を引きずる時間が長いほど、日本は病む。特に東京に元気がないと、国全体が力を失う。これでよかったのだ。

晃はそう納得させたが、それなら死んだ者は何のために死んだのか。残された者は心に空洞を抱え、何のために生きているのか。

月に照らされた仮設住宅を思いながら、晃は沸き立つ新宿を歩いて行った。


春休みのうちにロッカーを片づけねばならず、晃は大学に行った。キャンパスに人は少ないと思っていたが、学食は、いつもよりさらに緩んだ男女学生で賑やかだった。

この時期は、学生にとって最高の時だ。試験はすべて終わり、提出すべきレポートも課題もない。新しい学年になることだけを待てばいいのだ。

晃も来月から、内定をもらっていた会社のフレッシュマンだ。

学食のコーヒーも、これが最後だろう。その紙コップを横に、隅の丸テーブルで、パソコンを開いた。

「晃、久しぶりッ」

沢村だった。カノジョの麻由《まゆ》と一緒だ。二人は大学のサークルで知りあい、晃も一緒に飲んだりしていた。もう引退したのに、そろってギターケースを持っている。練習に加わるのだろう。

「何だよ、晃。春休みまで勉強か？」

「まさかだろ。手紙書くんだよ」

「オッ、女できたか」

「できた」

麻由が声をあげた。

「えーッ、やったね！　今度、四人で飲もうよ。ね、純《じゅん》」

「いいね。必ずな」

二人が立ち去るや、晃はキーボードを叩《たた》き始めた。

「家族の皆様、小太郎、お元気ですか」

――お元気ですかはないよな。

晃はコーヒーを飲み、苦笑した。

「僕は四月から、新橋の『株式会社グランドOA機器』の正社員です。大きくはありませんが、堅実な会社です。

保証人はまた玄さんに頼みましたので、初月給で何かプレゼントするつもりです」

そして、

「谷川広太郎《こうたろう》様
　皆々様
　　　谷川晃」

と書いた。

翌朝、プリントしたその手紙を封筒に入れ、東北新幹線「はやぶさ」に乗った。

岩手県の陸前高田市《りくぜんたかた》に行くためだ。

同市の山の中には「漂流ポスト」がある。

震災で亡くなった人に宛てた手紙専用のものだ。

メディアでも多く取りあげられたが、届くはずのない死者への手紙を、各地から投函《とうかん》に訪れる。

ポストを設置したのは、森でカフェを営む赤川勇治《あかがわゆうじ》である。赤川は毎年、集まった手紙を近くの慈恩寺《じおんじ》で供養する。読経の中、一人で供養を続けてきた。

投函した遺族が、インタビューで語っていた。

「このポストに手紙を書けば送り返されないから」

本当に亡くなった相手に届いたのではないかと、そう思えると言う。

晃は社会人になるこの機会に、どうしても手紙を出したかった。きちんと大学を卒業したこと、就職が決まったことを知らせたい。生きていたらどんなに喜んだか。

——特製カレーで祝ってたりしてな……。

新幹線を仙台で降りると、駅前でレンタカーを借りた。

漂流ポストに行くには、乗り換えがあったり、連絡時間が合わなかったり、かなり大変だ。高くつくが、レンタカーが一番よかった。

初めて見るそのポストは、昭和時代の古い形をしていた。真っ赤なずん胴が、緑の木々に守られるように立っている。

晃はポストを撫《な》でた。みんな死んでしまったのだ。

いつも元気ぶっている晃とは打って変わり、力がなかった。

「俺、元気にやってるから」

声に出してそう言ったが、元気には聞こえなかった。五人と一匹には二度と会えないのだ。

「みんなも元気でな」

そう言って投函する。白い封筒はコトンと音をたてて、落ちていった。

帰り道、レンタカーを運転しながら、小さくため息をついた。

たぶん、世の中には「まったく、いつまで悲しんでんだよ」と思う人はいるだろう。「もう四年もたったんだよ。前向いて歩き出してる人は、たくさんいる。たくさん！」と言いたいのだ。

口には出さなくても、「あいつ、いつまでも抱え込んで、めめしいんだよ。死んだ者も浮かばれないよな」と、腹の中で毒づいているのだ。

中には「あいつの顔見てると、こっちまで暗くなるからさ、避けてンの、俺」とか「慰《なぐさ》めるのも疲れるしな」とか笑いあっている者さえいるだろう。

だが、家族を亡くす苦しみは、他人にはわからない。それも家族全員が突然、消えた。明日のことを考えていたみんなは、誰も死にたくなんかなかった。

それが一瞬のうちに、死んでいった。死の間際、どんな思いだっただろう。何を思い出したのだろう。……その時間さえないうちに、呼吸が止まったのか。祖父も祖母も父も母も、弟も小太郎も。

誰もいなくなった。

だが、心の中にはみんなの顔がある。みんなで暮らした家や町並みがある。消えない。

株式会社グランドOA機器は、コンピュータやコピー機などを扱っていた。購入やリースの顧客を開拓する営業職と、メンテナンスが主業務の技術職に分かれている。

全社員で三〇人ばかりではあったが、晃と同期入社は、山口敏彦《としひこ》と星田満《みつる》の二人がいた。

そして、四月一日、特別会議室で入社式が行われた。

晃は一着しかない濃紺のスーツを着た。白いワイシャツに、やはり一本しかないネクタイを合わせた。濃紺と臙脂《えんじ》のレジメンタルだ。

就職活動の時にどうしても必要で、あの通帳の金を使った。

――親父が買ってくれたスーツと、玄さんが買ってくれたネクタイだ。

そう思うと、これからの生活に闘志が湧いてくる。

晃は営業職で、「飛び込み」と「テレアポ」が中心である。「飛び込み」は、今まで何の縁もなかった企業に飛び込んで、自社製品を売り込む。

「テレアポ」は「テレフォンでアポイントを取る」、つまり電話で営業することだ。

いずれも新規営業先の開拓であり、成約にこぎつけるのは至難だ。だが、大変な仕事だとわかって、選んだ職種である。

というのも、一日中デスクワークをしているより、今の自分に向いているように思ったのだ。忙しくて苦しいほど、多くを思い出さなくて済む。それに多種多様な人たちとの出会いは、きっとこれからの人生に役に立つ。

会社は、新橋駅から徒歩七分ほどのところにあった。烏森口《からすもりぐち》から飲み屋街を通り、その先にある雑居ビルだ。住まいは学生時代からのアパートにした。

翌日から早速、研修が始まった。

吉村俊介《しゅんすけ》という先輩から、マンツーマンで教わる。晃と同期入社の二人にも、それぞれ先輩がついていた。先輩たちにとっても、教育力を試されるようでライバルだろう。

研修は自社製品についての勉強から名刺の渡し方まで、多岐にわたった。

毎日の研修で頭が煮つまっている頃、「新入社員歓迎会」のメールが来た。箱根湯本の温泉旅館に一泊だ。新入社員は当然無料である。

同期の二人が、声をあげた。

「すげえ、一流旅館だよ」

「煮つまってるタイミングで、ありがてえ！」

それを耳にした課長の川瀬和之《かずゆき》が、嬉しそうに寄って来た。

「ま、日頃が大変だからな。桜を見ながらゆっくり露天風呂だよ」

晃は弾《はず》んだ声で言った。

「いいっスねえ！　桜、温泉、酒、三大特典ですか。俺ら、新入社員のためにありがとうございまっす！　仕事も頑張りまっす！　あ、研修で言われたことも、まだできないんですけど、三大特典があれば頑張れます」

晃は入社してからは、ますます元気で明るいキャラクターを表に出していた。震災で被害を受けたことは言ってある。だが、家族がみんな死んだことは話していない。それで気を使われたり、特別な目で見られるのはごめんだった。避難所でさえ、気を使われたのだ。

川瀬は苦笑しながら言った。

「谷川、お前は営業職に向くかもな。その明るさ、屈託のなさは相手を安心させるよ」

「金一封が出て四大特典になれば、もっと頑張れますッ」

「バカヤロ、調子に乗るな。ま、金一封は俺も欲しいけどな」

みんなが笑う中、晃は決めていた。歓迎会には行かない。

――みんな冷たい泥水の中で死んだんだ。俺だけ温泉につかれるか。


歓迎会の当日、出張から戻った川瀬に、晃は頭を下げた。

「すみません、課長。僕、どうしても今日、都合がつかないんです」

「え？」

「他の人たちには話してたんですけど、課長の出張先にまで伝えることではないと思いまして。申し訳ありません」

「待てよ。お前ら新入社員の歓迎会だよ。俺だって出張から帰るなり参加だよ」

「はい。本当にすみません」

なおも深く、頭を下げた。

川瀬は不快な顔をした。

「そりゃまあ、つい先だってまで勝手気ままな大学生だったんだから、会社のみんなと一泊温泉旅行はうっとうしいだろうけど」

「いいえ、全然そんなンじゃないんです」

「まったく何の用だよ。この一泊で、みんなが近くなるんだよ」

「個人的な用事なんですけど、自分にとっては人生の一大事というか……」

「今の若いヤツらは、絶対にプライベート優先だもンな。俺が新入社員の頃には、考えられないよ」

川瀬は上着とカバンを手にすると、ドアに向かった。振り向きもせずに、

「戸締り、ちゃんとして帰れ」

と言って消えた。

晃は頭を下げて見送ったが、すぐに自分も帰り仕度を始めた。そして、室内の施錠をチェックしたり、照明を落としたりした。

ブラインドを下ろして回っていると、商談テーブルに置かれた鉢植えに気づいた。桜だった。

それは三〇センチほどの木で、陶器の鉢に植えられていた。一人前に満開の花をつけている。

――桜か……。

振り切るようにその場を離れ、ブラインドを下ろそうとした。

窓の外は真っ暗だった。裏通りということもあって、ネオンや店の灯も遠く、光は届かない。

その時、暗い窓の向こうに、晃は桜を見た。実家の桜だった。夜空に満開の花が浮かんでいる。

――……どうしておなかがへるのかな……けんかをするとへるのかな……。

つぶやくように歌い、ふと目を上げると、桜は消えていた。大きく息を吐き、幻《まぼろし》を絶つように勢いよくブラインドを下ろした。

研修は四月いっぱいで終わり、五月からは吉村について営業に回った。思っていた以上に、楽な仕事ではなかった。

吉村は社内でも一、二を争う営業マンだ。そうであっても、飛び込みとなるとみじめなものだった。ほとんどが玄関払いである。

名刺だけでも渡そうとするが、受け取ってくれないことが多い。「シッシッ」と追い払うようにされたりもする。

テレアポは一言で断られる。

「結構です」。ガチャン。

社名を言っただけで、ガチャン。

セールスとわかった瞬間に、ガチャン。

人は弱い立場の者に、こういう対応をするのだと、晃は初めて知った。断るにしても、これはないだろう。だが、こうなのだ。

吉村と二か月を共に歩き、七月からは一本立ちが決まった。

吉村との最後の日、飛び込みで行った八社に、すべて門前払いを食わされた。夏の長い陽でさえ、すでに落ちていた。

「谷川、めげただろ」

「いえ……」

「めげるなよ。やっただけのことは必ず返ってくる」

晃は、オフィスに貼られている棒グラフを思い出した。全営業マンの営業成績を示した一覧表だ。月ごとの成約実績と、一月からの累計実績が、各自の名前と共に明らかにされている。今はまだ、そこに晃の名前は書かれていない。だが、一本立ちと同時に、同期と並べて書かれる。

ＯＡ機器は、月に何台もの成約は見込めない。それでも吉村の営業成績は、今年の上半期ではトップだ。

「谷川ならできるよ。お前は明るいし、素直だ。必ずきっかけが生まれる」

そう言って、吉村は自動販売機からウーロン茶を二本買った。一本を晃に渡すと、

「辛抱なんて言葉、今じゃ死語だけどさ、辛抱は必ず実を結ぶ」

「はい。頑張ります」

「面白いもので、ひとつ成約すると自分がガラッと変わるんだな。成功体験ってヤツだよ。それが次の契約を呼んだりするんだ」

二人は並んでウーロン茶を飲んだ。薄暗い裏道に立つ自販機の光が、吉村の顔を浮かび上がらせていた。

のどを鳴らして飲む吉村の目は優しかった。

晃はこの先、七十歳、八十歳になっても、吉村とウーロン茶を飲んだ夜道を、絶対に忘れないだろうと思った。


都心の小さな公園では、最後の蟬《せみ》が鳴き、九月が来た。晃が入社して半年目に入る。吉村を離れて一本立ちしてから、二か月が過ぎた。

だが、一本の契約も取れていない。同期の山口と星田は、コピー機やファックス機などのリース契約を、二か月かけて一件ずつ取っていた。

先輩社員でゼロの者もいるが、彼らは一月からの累計で実績を作っていた。まったくのゼロは晃だけだった。

晃が汗だくで外回りから帰ると、川瀬が棒グラフの前に立って見ていた。

「オオ、谷川、残暑の中お疲れ。どうだ、少しは手応え出てきたか？」

「いえ、続けて頑張りますッ」

「うん。一本立ちして二か月だから、焦ることはないけど、同期の二人はがんばってるしなァ」

「必ず挽回します。自分、大器晩成型ってか」

「まったく、自分で言うなよ。呑気者が」

川瀬は苦笑した。

「今、パンフレットの足りないものを取りに戻っただけで、また飛び込みに出ますんで」

明るくそう言うと、晃は机の上のさめた茶を一気飲みした。

しかし、晃のゼロは続いた。

吉村が心配し、いろいろとアドバイスしてくれたが、ゼロから脱却できない。

「吉村さん、俺、『ひとつ成約すると自分がガラッと変わる』っていう言葉、励みになってます」

「うん、本当にそれが次の成約に結びついたりするから」

だが、どうしても最初のひとつが結べない。

パソコンやスマホで調べ、どれほど多くの見知らぬ企業や商店を回ったことか。大手や中堅どころの企業は、他社との契約を切ることはなかろうと、小さな工場や商店を中心に回った。しかし、どこも他社が入っているか、

「自分のパソコンで十分なんで」

と追い返された。

やってもやってもゼロの中、晃は自動販売機でウーロン茶を買った。飲みながら、吉村がおごってくれた夜を思い出した。

――自販機に照らされた今の顔、ひどいだろうな。何で俺、生き残ったかなァ。

またそこに行き着く。

缶をカゴに捨てると、スマホが鳴った。玄次からだった。

「有楽町の居酒屋に居んだ。近いべ。今から来ねが」

晃がすぐに駆けつけると、カウンターの奥で玄次が手を挙げた。

「びっくりしたよ、玄さん」

「日に焼げで、何か大人んなったなぁ、晃」

「そりゃ鍛えられてるもンな、仕事で」

晃は大ジョッキの生ビールを、一気に半分飲み干した。

「あー、うまッ！　で、玄さん、東京はいちごの仕事？　テレビだかで、亘理《わたり》のいちごがとうとう復活したって言ってたけど、実際はどうよ」

「夏いちごがいいんだ」

玄次は大きなカバンから、ワンパックを取り出した。

「通常のいちごが市場から消える六月、七月に出荷すんだ。ケーキなんかの業務用に、こいづが結構な高値で売れんだ」

晃はパックを見て、弾んだ声をあげた。

「オオ、色も形もいいねえ。あとで食ってみる」

そして、空いている椅子の上に、大切そうに置いた。

「うめぇぞ。今はどこも高設式《こうせつ》の近代的なハウスで、みんないい夏いちご作ってんだ」

「高設式？」

「震災の後で採用された方式だぁ。地上から一メートルちょっとの高さに、ヤシガラを入れたプランターを並べんだ。その養液で栽培して、水や肥料も温度管理も全部自動。今までの土耕《どこう》栽培とは別物だ」

「すげぇ。じゃ、昔みたいに腰かがめなくてもいいわけだ」

「んだ。楽《らぐ》んなったす、高いとこで作っから塩害の心配もねぇしな」

亘理町は、津波によっていちご農地の九割以上が浸水していた。海水は土壌ばかりか地下水にまでしみこんだ。苗もハウスも全壊し、ガレキが容赦なく、それらをつぶした。

「広太郎や航に、やらせたがったな。高設式のいちご作り……」

玄次はそう言った後で、笑った。

「でもな、広太郎は高設式が広がっても、土耕栽培を続けたべな。『何が養液栽培だ。地面に植えっから、味の濃いいちごでぎんだ』ってな」

「……玄さんと言い合いになったりして」

「な。『広太郎、年取ったら腰曲げて作るのは無理だ』って俺が諭《さと》したりな。たぶん、広太郎は胸張って言い返すど。『ケッ、うぢには若くてイキのいい航がいんだ。放っとげって』って」

航の名が出るのはつらかった。

震災でいったん奪われた販路を回復することは難しい。だが、航とその仲間がいれば、間違いなく相当な馬力で動いただろう。

それを玄次はわかっている。心の中では、何かにつけて「航、何で死んだよ」と悔《く》やんでいる。晃はそう思った。

「OA機器の仕事はどうだ？」

突然自分の話題になり、焦った。営業成績が最低で、飛び込みやテレアポでみじめな毎日だ。

「玄さん、俺って営業マン向きだって、よくわかったよ。びっくりすると思うけど、俺の営業成績、トップクラスだよ。新規開拓の営業は大変だけど、これが面白くてさ」

「ホンドか？」

玄次の目は明らかに疑っていた。

「ホントだよ。疑うのも無理はないけどさ、俺だって一人残されて、強く前向いて生きるしかないもんな」

玄次は何度もうなずいた。

「立ぢ直ったな、晃。あの状況からよぐやった。大変だったべ？」

「まあな。でも今はホントに力が戻ってきたってか」

晃は前向きに生きていることを、ごく自然に言ってみせた。今も「俺も一緒に死にたかった」とふさぎこみ、「なぜ、東京に航を連れて行かなかったか」と嘆いていることを、知られる必要はない。

震災による自分の状況は、誰にもできるだけ知られないようにして生きてきた。

「震災に遭ったが前を向いて、明るい人間」を懸命に演じてきた。

震災から歳月がたつほどに、それは必要だった。人々の気持ちの中で、震災は日ごとに風化している。家族全員を失った当事者であっても、まだ震災を引きずっていると知れば、相手の接し方も変わってしまうだろう。引かれることもあろう。

玄次はつぶやいた。

「お前《めぇ》が元気で、仕事も好調で、家族はみんな喜んでるべよ。東京で暮らして、かえっていがったかもしれねぇな」

「うん。俺に言わせりゃ、東京じゃ震災なんてとっくに風化してるよ。玄さんの言葉は大外れで、四年で歴史だよ」

「うん、とっくに年表だな……。こうやって来てみっと、よっくわがる」

「たぶん、三月十一日にだけ思い出すレベルだろうな」

「テレビのニュースで流れたりすっからな」

「だけど、三月十一日だけでいいんだよ。いつまでも落ち込んでちゃ、国が滅びる。この俺だって前向いてるんだから」

玄次はうなずくと、カバンから細長い箱を取り出した。

「今日、お前呼び出したのは、こいづを渡そうと思ってよ」

晃の体が硬くなった。

それはあの朝、航が「入学祝」としてチラつかせた箱だった。

「昨日《きのん》な見つかったんだ。泥落としてみだっけ、航から晃にだなってわがったんだ」

千切れて泥のシミが広がっている熨斗《のし》に、

「入学祝　航」

とあった。

そっと包み紙を取り、箱を開けると腕時計が入っていた。

針は三時五六分で止まっている。地震から約一時間後、津波に襲われた時刻だ。

誰もがビルの高さのような濁流に呑《の》まれた時刻で止まっていた。

言葉が出なかった。玄次も黙って、その時計を見ている。

「まったく航のヤツ、高校生のくせして金使いやがって」

晃がわざとらしく言うと、玄次は声をつまらせた。

「気配りできる子だったがらな。亘理のいちご背負ってけたべな」

晃を最もつらくする言葉だった。

——いや、これでいいんだ。こう言えるのは、玄さんが「前を向いて、明るい晃」だと思っている証拠だ。

二人が帰った後、晃の隣の椅子には夏いちごが残されていた。

——いちごはわざと忘れて来た。いちごはケーキでも食べられない……。


入社三年目の夏が来ても、晃だけの力では一件の契約も取れなかった。身を捨てて食らいついているのだが、成約に至らない。見かねた吉村が、一緒に回って一件を決めてくれたが、それは会社の全員が知っていることだった。

ついには、後輩社員がコピー機のリース契約を決めて来た。

川瀬も他の社員たちもほめた。

「今までの契約先を更新させたんだから、お前、よくやった！」

「いえ、前に訪ねた時、機器が少し古かったんです。ですから、当社の新しいのにするとどれほどメリットがあるか、しつこいくらい通いました」

「それでも契約に至らないのが普通なのに、お前の愛されキャラがモノ言ったな」

晃は肩身が狭かった。自分もそのくらいのことは、とうにやっている。明るさもうまく出している自信があった。なのに、なぜ実を結ばないのか。

――運だよ、運。きちんとやってりゃ、必ず運はめぐってくる。

そう言い聞かせ、決して絶望しなかった。

航からの時計をカバンの内ポケットに入れ、どんな小さな情報にも食らいついた。成約しなくても、人脈が広がれば、必ず次につながる。誠実に誠実に営業を続けた。

すると、ある大口の契約が現実味をおびてきた。小さな会社だが、営業所を新設するため、さまざまなＯＡ機器を必要としていた。

当然ながら、多くの他社が参戦し、しのぎを削っている。だが、叩き上げの小田芳夫《よしお》社長は、晃の誠意に厚意的だった。

「谷川さんなら安心だな。四十代の俺が教わることが多いよ」

社長の言葉に、晃は心の中でガッツポーズをした。やはり運はめぐってくるのだ。

この契約が決まれば、今までのみじめさも吹っ飛ぶ。実績ランキングでも、ビリから抜け出すどころか、真ん中あたりまで行くかもしれない。

晃は近くの公園でパソコンを開き、手紙を書いた。

「お元気ですか。僕は初めて、大口の契約が取れそうです。社長に気に入られたのは、親の育て方のおかげです（笑）。

航、時計ありがとう。いつも持ち歩いてるよ。金使わせて申し訳ない」

そう遠からず、成約するだろう。この手紙はその後で、陸前高田まで出しに行く。

晃は大きく伸びをした。見上げる夏木立は力強く、今頃、漂流ポストは深い緑に隠れているかもしれない。仕事で初めて、満たされた日だった。

十日後、社長の小田本人が、わざわざ電話をかけてきた。

「谷川さん、契約の件で、これから来てもらえるかな」

晃は嬉しさと高揚感で、新橋駅までどう歩いたかもわからなかった。

社長室のドアをノックすると、小田自らが開けた。

「すみませんッ、お待たせして」

「いやいや、まだ一〇分前だよ」

いかに小さな会社でも、わざわざ社長の出迎えだ。晃の胸が高鳴る。

小田は晃と向かい合って座ると、コーヒーを一口飲んだ。そして書類を開いた。

「谷川さん、相談があるんだよ。ここまでの値引き、可能か？」

小田が示したのは、グローバル通信が示した金額だった。

それを見るなり、晃は絶句した。先日まで、小田も部下たちもほぼ了解していた額を、遥かに下回っていた。加えて、アフターサービスの提示も、昨日と違う。

どういうことなのだ。なぜ急に、こうなるのだ。何としても契約は欲しいが、晃の一存で決められる額ではない。

「ずっとグローバル通信も力を入れてくれてたんだけど、僕は谷川さんがよくてね。だけど昨日、突然、このびっくりするような額を示してきた」

「わかりました。今日いっぱい、お待ち頂けますか。社に戻って相談致します」

「そうしたいけど……夕方にグローバルの担当と上司が来るんだよ。それまでに決めないと……。谷川さんとこじゃ、この額は無理か?」

グローバル通信は、グランドOA機器とは比べるべくもない規模の会社だった。

晃はスマホを取り出すと、すぐに川瀬の携帯を鳴らした。

川瀬は期待していたのだろう。緊急の電話は成約の報告だと予想したらしい。

「取れたかッ」

弾む声でわかった。

「いえ、今、小田社長の部屋にいるんですけど、ご相談があります」

晃がグローバル社の値引き額を言うと、川瀬が黙った。

小田は無言で晃を見ている。川瀬ははっきりと言った。

「うちあたりじゃ、その額はとてもとても無理。相談以前の話だ」

小田は察したのだろう。電話を切った晃に両手を合わせた。

「申し訳ありません、谷川さん。さんざん期待させて、ここでダメにするのは本当に申し訳ありません」

晃は笑顔を作った。もうこうなれば、明るく手を引くしかない。

「谷川さん、うちレベルの会社では、本体の価格はもちろんですけど、コピーでもファックスでも、単価が一円安くなるだけで、助かるんですよ。突然のことで、本当にお詫びします」

小田の言葉は敬語になっていた。

「いえ、うちもグローバルさんのようにはいかない規模ですから、よくわかります」

小田は小さく息を吐いた。この実直でひたむきで、汗だくの青年を土壇場で裏切った痛みが浮かんでいた。

「小田社長、今回はダメでしたが、このご縁を今後ともよろしくお願い致します」

「ごめんな。友達や仕事仲間にも谷川さんのこと、必ず売り込んでおくよ」

いつも通りの言葉に戻った小田に、晃はホッとした。

吉村が言っていた通り、こういう「ご縁」が次につながるのだ。もう先を見据えるしかない。

そう思ったが、今もって成約一件の棒グラフが浮かんだ。それも吉村の力で契約したものだ。会社に戻る足が重い。

黙って報告を聞いていた川瀬は、不機嫌を隠そうともしなかった。ボールペンの先を、メモ用紙に打ちつけ続けた。

「お前、さんざん期待させること言って、これか？」

「今回は成約すると思っていたものですから、すみません」

川瀬が打ち続けるボールペンの先が、メモ用紙に黒い穴をあけた。

様子を見ていた吉村が来た。

「谷川、こういうことはみんな経験してるよ。課長だってそうですよね？」

川瀬は答えず、ボールペンの先が紙を破いた。

「必ず他で挽回します」

強く言い切った晃の背に、吉村は手を当てた。次の瞬間、川瀬が言った。

「あーあ。お前の『挽回』は聞きあきたよ。毎回それだもンな。これだけ成績悪くて、挽回挽回と言って給料もらってンだから、詐欺だよ」

吉村が驚いて何か言いかけようとすると、川瀬はそれを制した。

「ま、お前のチャラさが、どこの相手にも不安だったんだ」

かつては「明るさがいい」と言い、今は「チャラさ」になっていた。晃がどういう思いで明るさを演じているかなど、川瀬にわかるはずもなかった。

「もういいよ。バンカイ君」

川瀬は手で払うようにした。

その瞬間、晃の中で何かがキレた。今まで耐えに耐えて頑張ってきたストレスが、川瀬の言葉で沸点を越えた。

「今日限りで辞めさせて頂きます。今月の給料はいりません」

吉村が、

「ちょっと待て」

と腕を取り、川瀬があわてた。

「いや、何も俺はそういうつもりじゃ……」

晃はその言葉を遮り、吉村に頭を下げた。

「本当にお世話になりました。吉村さんがいなければ、今頃、心を病んでいたかもしれません。一生、忘れません」

そして、息をつめて様子をうかがっていた社員たちの方を向いた。

「皆さん、大変お世話になりました。ありがとうございました」

川瀬は立ち上がり、「谷川ッ」と叫んだが、すでに晃の背中はドアの外にあった。

——親父、俺、ケツまくったよ。見てたか？


退職から一週間後、晃はアパートの床に掃除機をかけていた。すでに引っ越し荷物は運び出され、今夜の東北新幹線で仙台に帰る。すでに卸町《おろしまち》にアパートも決めていた。

その時、沢村が飛び込んで来た。

「晃ッ」

「オ、沢村来てくれたのか。仕事だろうよ」

「半休取ったよ」

沢村の声には怒気が含まれていた。

「何なんだよ。突然電話くれて『明日、仙台に帰る』って。びっくりするよ」

「ごめん。会社、急に辞めたんだよ」

「何かあったのか」

「全然。ただ、もう家族は見つからないと思う。なら、せめて近くにいるのが供養ってもんかなとかさ。仙台なら仕事もあると思うし」

沢村は、何もない床に座った。家族を誰一人として失わなかった自分の一方、幼な馴染《なじ》みの親友は一瞬にしてすべてを失った。

せめて仙台にいてやりたいという気持ちはわかる。

だが、沢村はそれらには一切触れず、笑って言った。

「俺、仙台に遊びに行くよ。文横《ぶんよこ》で飲もう」

「文横かァ！　久しぶりに思い出したよ」

「いや、俺も今、突然思い出したんだ。いいよなァ、文横」

「文横」は「文化横丁」と言い、仙台市の中心部、青葉区にある。昭和の雰囲気を残しており、仙台人の愛すべき飲み屋横丁だ。

仙台の飲み屋横丁は、「東一市場《とういち》」が昭和二十一年に復活した。終戦からまだ一年の、一九四六年のことだ。横丁の復活はこれが最初で、その後、多くが復活した。それらは現在も昭和の風情を保ったまま、市の中心部にある。

――壱弐参《いろは》横丁、虎屋横丁、稲荷小路……。仙台に降り立った人たちは、杜《もり》の匂《にお》いだけじゃなくて、古い横丁の匂いを感じるよな。

実は晃は「ケツをまくった」時、すぐに思ったのだ。

――俺には帰る場所がある。仙台だ。

家族の供養をする思いもあったが、自分にはいつでも迎えてくれる故郷がある。

その思いは、晃をどれほど楽にしたかわからない。

沢村は来る途中で買った缶ビールを飲みながら、

「仙台はもうかなり復興しただろうな。沿岸部じゃないからな」

と言い、同時にシマッタと思った。人的被害が何もない自分が言う言葉ではなかった。晃は気にしたかもしれない。

だが、晃もビールを飲みながら、まったく普通に言った。

「仙台が復興したニュースは、テレビでも見るけどさ、それでも東京とは違うだろ。東京はあっという間にキラッキラの夜景に戻って、今じゃ三六四日は震災なんて忘れてる」

「確かに、仙台は東京ほどは風化してないだろな」

二人は二缶目のビールを開けた。


しかし、その思いは、みごとに裏切られた。

仙台駅に降り立った晃は、茫然と突っ立っていた。仙台駅には大きく広い歩道橋がある。青葉通りなど中心街とつながっている。

そこから見る仙台は、ほとんど震災以前の姿に戻っていた。

眼下を走る青葉通りは、たくさんのファッションビルや飲食店が並び、人々が賑やかに歩いて行く。交通量も多く、渋滞気味だ。ネオンも以前のままにあふれて、光っていた。

――こんなもンかもな……。

亘理にしても、津波で地上に打ち上げられた漁船が、四月には撤去されたのだ。それは震災から一か月後で、まだ多くの人が行方不明者を探していた時である。誰もが何とか前を向こうとしてきた。今、六年もたてば、この光景は当然だ。仙台の復興は嬉しいと思いながらも、亘理や沿岸部を思った。仙台の復興と人々の活力が、沿岸部の復興の力になっているだろうか。

翌日、晃は仙台の中心部を歩いてみた。ちょうど七夕《たなばた》だ。東北三大祭りのひとつとして、全国から観光客が押し寄せる七夕。震災以降、一度も見ていない。

力強い夏の陽ざしが照りつける中、まずは定禅寺通《じょうぜんじどおり》を歩いた。「杜の都《みやこ》」そのもののケヤキ並木が、深い木陰を作っている。力強い夏の葉が、炎天を突く。

並木の下ではバンドが演奏し、人々が立ち止まって聴いている。体を揺すってリズムをとったり、みんな楽しげだ。

通り沿いにはカフェが並び、客たちが談笑しているのが見えた。

七夕飾りは一番町のアーケード街を埋めつくしていた。さすがに日本一の七夕と呼ばれるだけのことはある。

アーケードの端から端までの、色彩やかな飾りは美しいだけでなく、華やかで迫力があった。浴衣《ゆかた》を着せられて嬉しい子供たちが、歓声をあげてその下を走り回っている。

若いカップルが、ソフトクリームを舐めながら、笑顔で七夕飾りを見上げている。

晃は突っ立ってそれらを眺めた。

震災は本当にあったのだろうか。岩手も宮城も福島も、叩きのめされたことは、本当に現実だったのか。

仙台は内陸で、沿岸部に比べて被害が少なかったとはいえ、元に戻った街と、人々の明るさは、晃には衝撃だった。

――仙台くらいは3・11の影を引いていてくれよ。

時刻と共に、アーケード街にはますます人があふれ、きらめきが増していった。

第三章

晃《あきら》は仙台の、「アクアキュア」というミネラルウォーターの会社に入った。そして、一二リットル入りのウォーターボトルの配達員を始めた。

その研修を終えたところで、玄次《げんじ》に初めて電話を入れた。

「玄さん、俺、仙台に帰ったから」

「えーッ!?」

「うん。ミネラルウォーターを配達する仕事、来週から始まる」

「そうが。お前《めぇ》は、そう遠ぐねぇうぢに、会社辞めっと思ってだ、俺。仙台に帰っかどうかはわがんねがったけどな」

「え？……何で」

「お前が営業でトップランクにいるって聞いた時《とき》、ウソだど思ったんだ。お前のキャラが飛び込み営業に向ぐとも思えねがったし、何より靴がズタボロだ」

「歩き回るから……」

「トップランクの男は、少なくとも磨ぐか手入れすっぺ。靴はその人間を出すがらな」

　晃は黙った。

「あの靴見て、くたびれ果てるまで頑張ってんのに、成果が出てないんだべなと察したよ」

　玄次の目はごまかせなかった。だが、そのあたりには触れず、アパートと仕事を決めたことを報告した。

「飲料水の配達か。そりゃいいよ、晃。あのボトル、ひとつが何だか一〇キロ以上あんだろ。それを一日に何軒？」

「ひとつが一二キロだよ。それを少なくて二〇軒、多いと六〇軒くらいらしいよ」

「そうが。……一日二四〇キロから七二〇キロ運ぶってこどか。いいよ、いい。俺はね、今の晃には肉体労働がいいと思うど」

晃もそう思っていた。一二キロを持って階段を上り下りすることもあるというし、体を酷使する。そうやって懸命に働き、夜は疲れ果てて眠りこける。気づくと朝だ。そういう生活が一番救われる。

今までの営業も、ほとんど肉体労働ではあったが、飛び込み先でみじめな目に遭うことが多かった。社内でもだ。それがどれほど晃の傷になっていただろう。よく「心を傷つける」と言うが、その最たるものは、相手を「みじめ」にすることだ。こんな自分を生んだ親までを、みじめにさせられた気になるものだ。もう二度とあんな思いはしたくない。

飲料水が重かろうが、きちんと届けて、

「ごくろうさま」

と言われる方がずっと健康的だ。配達だけでなく、時にはサーバーの設置やメンテナンス作業もあるらしいが、どちらにしても、人格を否定されることはない。大きな解放感があった。

晃の担当区域は、マンションや企業が多かったが、中に「青葉幼稚園」があった。いつも園庭であどけない幼児が、先生と声をあげてはね回っている。定期的に配達するうちに、園児たちが、

「お水のお兄ちゃん」

と呼んでじゃれてくるようになった。

その日もついかまっていると、教諭の岡本美結《みゆ》が走って来た。

「ハイ、みんなお砂場に行って。春佳《はるか》先生のクラスと一緒に何作るんだっけ？」

園児たちは一斉に、

「電車ーッ」

と叫んで駆けて行った。

「谷川さん、いつもすみません、男の先生がいないもので、子供たち喜んじゃって」

「いえ、僕も面白がってますから」

晃はワンボックスカーからボトルを三本降ろし、台車に乗せた。

職員室のいつもの場所に置き、汗を拭《ぬぐ》っていると、美結がお盆にグラスをふたつ載せて入って来た。

「ヨーグルトゼリーです。先生たちのおやつに作ったんですけど、実は砂糖じゃなくて塩入れちゃって」

「え？　塩……」

「同じペアのびんに入ってるんですよ。あれってよくないですね。ｓｕｇａｒ《シュガー》とかｓｏｌｔ《ソルト》とか書いてあっても、急いでると見分けてらンない」

「同じｓだし」

「そうそう、それです。先生たちには出せないけど、捨てるのもったいないでしょう。私も一個食べますから、どうぞ」

「はァ……」

「ホラ、谷川さんの仕事は汗かくから、塩分補給大事でしょ」

晃は立ったまま、添えてあったスプーンで、一口食べた。同時に美結も、立ったまま食べた。

「まずーッ！　食べらンない、これ」

美結はすぐに、晃のグラスを引き取ろうとした。

「ごめんなさい。これはひどすぎ。塩、ガバッと入れちゃったから」

その瞬間、晃は一気にグラスの全部を流し込んだ。あきれる美結に、カラのグラスを返した。

「塩分補給、大事ですから」

美結は喜んで手を叩《たた》いた。

「残り五個、持って行きます？」

「け、結構です」

あわててドアの方へと向かう晃に、美結は笑ってお辞儀をした。

仙台に戻って一か月がたった頃には、東京で受けた晃の傷は、かなり癒《い》やされていた。

故郷とはこんなにも心安らぐものなのか。高層ビルやオフィスビル、それに街の賑わいも、どこか東京と似ているのに、身も心もゆったりと落ちつく。

亘理《わたり》には何度も帰り、玄次と自宅の跡地にも行った。周囲には新しい家も建っており、確かな復興を感じさせた。

だが、仮設住宅も残っている。玄次もそこにいた。

一五〇坪の原っぱになった自宅跡をどうするか、晃にはまだ考えられなかった。ただただ、ここにみんなで暮らしていた日々を思い、じゃれつく小太郎を思った。

ここにどう濁流が押し寄せてきて、みんなはどう流されたのか。どう沈んだのか。三月の海水はこごえる冷たさだったただろう。ここからどの方向に流されたのか。

そう思うたびに、「俺だけ幸せにはなれない」に行き着く。しかし、そうであっても、何度も跡地に来て、みんなを思い出すというだけで、少しは救われる。

数日後、配達を終えた晃は、どこかで夕食を取ろうと、一番町を歩いていた。

アパートで自炊もできたが、料理は苦手だ。それに疲れ果て、夕食は毎日ずっと外食だった。

「安くて量が多くてうまい」と評判のカレー屋の前を急いで通り過ぎた。三月十一日の夜、東京から帰ったら、クミのカレーを食べるはずだった。あれほど大好きなカレーを、今日まで一度も食べていない。いちごとカレーはどうしても口にできなかった。

牛タン店のウィンドウをのぞき、入ろうとした時、声がした。

「谷川さーん！」

美結だった。走って来た。

「もしかして谷川さん、これからごはん食べるとこですか？」

「え……ええ」

「塩入りゼリーのお詫びに、私がごちそうします」

晃があわてて、

「いいです、いいです」

と手を振ると、美結はバッグから二枚のチケットを出した。

「ごちそうするなんてウソ。実は夏の福引きで、ホテルユートピアのお食事券がペアで当たったんです」

　仙台でも屈指の一流ホテルである。

「だけど、お食事券の期限、今日までなんですよ。春佳が一緒に行くって言っといて、さっき急に都合がつかなくなったって。新婚ホヤホヤにしても、土壇場で夫優先なんですから」

　春佳は幼稚園の一年先輩だが、入った時から一番気が合った。

「谷川さん、行きません？　一流ホテルのお食事券、無駄にしたらもったいないですから」

　晃は苦笑した。

「僕、いつももったいない要員ですね」

　美結は手を叩き、声をあげて笑った。

　ホテルユートピアは、政界や経済界、また芸能界、スポーツ界などあらゆる世界の大物が、仙台に来ると泊まるところだった。

　その中の和食「広瀬川」のテーブルで向かい合った二人は、なんとなく居心地悪そうにしていた。

いつも行くような店とは格が違う。天井《てんじょう》が高く、計算されつくした照明が、雰囲気のある陰影を作っている。一面の壁には、仙台平《ひら》を使って広瀬川を描いた大きなタペストリーがあった。

和服の女性が注文を取ったり、世話をしたりしてくれる。この高級感は晃にも美結にも、これまで無縁のものだった。

どのテーブルも、客でほぼ埋まっていた。男性客は、上着を脱いでワイシャツ姿が多く、晃はTシャツの上に夏物のブルゾンを羽織っていた。今日はたまたまブルゾンを着ていたことに、ホッとした。

「町の商店街の福引きで、よくこんないい店を景品にしましたよね」

晃が周りを見渡しながら言うと、美結は声をひそめた。

「一本しか出ない特等だったんです」

そこに前菜とビールが運ばれて来た。品のいい、美しい形をしたグラスもキンキンに冷えている。

雰囲気にも少し慣れ、晃は聞かれるままに、亘理のいちご農家で生まれ育ったことなどを話した。

「谷川さん、亘理なんですか。沿岸部は震災、大変だったでしょう？」

「大変ですよ。家もいちごハウスも全部流されましたから」

「ご家族は」

「全員無事だったんです。犬の小太郎まで無事で」

美結とは、偶然に夕食をしているだけだ。一回だけの人間に、家族のことを知られる必要はない。「まァ、お気の毒に」とでも言われたら、腹が立つ。

「ご家族全員、無事でよかったですねえ！　命があれば、必ず立ち上がれますから」

「そうです、そうです」

晃は軽やかなあいづちで、自分の話を打ち切った。

「岡本さんのところは？」

「うちは家族も親戚も、みんな仙台とか内陸部ですから大丈夫でした。ものが倒れたり怪我したり、ライフラインが一時止まったりっていう被害はありましたけど」

「お互い、その程度で済んだのは不幸中の幸いでしたよねぇ」

「ホントに。ご実家では、またいちごのお仕事、始めたんですか」

「ええ。六年たちましたから町全体が頑張って、夏いちごを始めたんです」

「あの夏に出回るいちごですね。夏いちご作ってるんですか」

「そう。遠距離輸送にも強いいちごなんですよ。ハウスも建て直して、親父と跡継《あとつ》ぎの弟が頑張ってます」

「生きてさえいれば、また歩き出せるという証拠ですね」

晃は少し笑顔を見せただけで、新鮮な刺身を口に入れた。

その時、隣のテーブルから話し声が聞こえてきた。三人の男性客だった。

「うまいなァ、このホヤ。吉田がホヤに目がなくてな」

「ああ、津波でなァ。そうか、いたなァ、吉田。忘れてた……」

「な。この世は生きてる者勝ちだから」

それを耳にした晃の表情が変わった。一流店だけに、隣席とは十分に離れていたが、酒が入っているせいもあったのだろう。三人の声は届いた。

「ホント、生きてる者勝ち。宮城は何千人死んだんだ？」

「五千か六千か？　いや、もっとか？」

晃が突然立ち上がった。

何ごとかと美結が見た時、すでに晃は隣席に立ちはだかっていた。

「今、何てった？　え、何てったよ」

わけがわからず、ひるむ男たちに、晃は怒鳴った。

「え、死んだヤツらは死に損だってのか？」

周囲の客たちが、驚いて声の方を見た。大きな怒鳴り声は、この店には似つかわしくないものだった。晃はさらにすごみ、

「テメエら、恥ずかしくないのか。え、もう一回言ってみろ」

晃は男たちをにらみつけた。握った拳《こぶし》が震えている。

「谷川さんッ、やめてッ」

美結が割って入ると同時に、支配人とスタッフが飛んできた。美結は晃の前に立

ちはだかり、支配人に謝《あやま》った。

「お騒がせして、本当に申し訳ありません。他のお客様にもご迷惑をおかけしました」

憮然としていた男性客たちが言った。

「俺たちは何もしてないのに、まったく何なんだよ」

「若い子は若い子の店に行って、喧嘩《けんか》でも怒鳴りあいでもしろ」

美結は穏やかに三人を示しながら、支配人に言った。

「こちらのお客様、3・11で死んだ人は死に損というような言い方をされたんです。それで、死に損の人たちは五千か六千か、もっとかって。死んだのは一人一人なのに、よくまとめられますよね。それに『生きてる者勝ち』だと盛り上がってるんですから、誰だって怒りますよ」

美結は男三人に静かに言った。

「被災地の人間として、恥を知りなさい」

三人も、他の客たちも黙った。支配人に何も言わせないかのように、美結はまた頭を下げた。

「お騒がせしたことをお詫び致します。本当に申し訳ありませんでした。帰りますのでお許しください」

晃は気圧《けお》されたように突っ立っている。美結はその手を引っぱり、出て行った。

ホテルを出た二人は、仙台駅の歩道橋に並んで立った。晃が仙台に戻った夜、ここから見える街のきらびやかさに、「あの震災は本当にあったのか……？」と思った場所だ。

今夜も眼下を走る青葉通りは、人と光の波にあふれている。

無言でそれを見ている晃に、美結が言った。

「手出してたら、仕事クビだったよ」

「うん……。俺、実は家族五人みんな失って、誰一人見つからないんだ、まだ」

「えーッ、五人!?　家族全員!?」

「リコウで可愛かった犬も」

「……谷川さん一人が残ったの？」

「うん」

いつの間にか、二人は友達言葉になっていた。

「俺、もう六年がたつってのに、全然前向けてないんだ」

それは当然だと美結は思った。家族全員が一度に死ぬ。そのつらさは、他人にはとても想像できない。

「もうとっくに諦めてるんだけど、どんな死に方したのかなァと思うと……。弟が俺にくれるはずの時計、三時五六分で止まってたんだよ。町も人も津波に呑《の》まれた時間だ……」

晃はそこまで言うと、黙った。

やがてつぶやいた。

「俺だけ幸せになれない」

美結は、それは当然だと思った。もし自分も、両親と姉が濁流に呑まれ、一度に消えたら、そう思うだろう。

「自分でも情けない男だと思うけど、生き残った俺も、あの時、死んだんだよ。生きながら死んでるって言うか……」

おそらく、家族や大切な誰かを失った人たちは、みんなそうなのではないか。美結はそう言いかけて黙った。被害の小さかった自分が言うのは、対岸の火事を気の毒がっているようだ。

晃はきらめく青葉通りを眺めていた。

「東京の街も駅も、しばらくは暗くて、何か嬉しかった。日本中が被災地と一緒に歩こうとしてるってな」

力なく笑って、言葉を継いだ。

「何で今、仙台までがこんなに明るくて、みんな元気で楽しげなんだ」

「みんなが前に歩き出した証拠だよ。いいことなんだよ」

晃もそう思おうとしたことがあった。だが、それは結局「生きてる者勝ち」ということだ。

「いいことじゃないよ。忘れられたってことだよ」

「忘れてないよ、誰も」

「しばらくは、日本中の人が言ったよな。『絆』、『寄り添う』、『つながる』、『がんばろう東北』、『日本は負けない』、『一人じゃないよ』……。今、誰が言ってる？」

美結は返事ができなかった。どれもこれも、とっくに忘れていた言葉だ。被災地の人間がこれでは、他の人たちが忘れるのは当然だと思った。

震災当初、有名人がどんどん被災地入りして、励ましてくれたことを思い出した。だが、一年も続いただろうか。

さまざまな募金活動や支援活動も盛んだった。だが、キリのいいところで終えたものが少なくはあるまい。キリをどうやって決めたのか。キリはまだついていないのにだ。

だが、熱がさめたり、適当なところでキリをつけるのも、当然だと、美結は思う。口には出せないが、震災直後と、六年たった今を同じにとらえる方がおかしい。

そんな本心を見透かしたかのように、晃は言った。

「怒る俺がバカ。やっぱり、死に損なんだよ。生きてる者勝ちなんだよ」

美結はバッグからアメを取り出した。晃にひとつ渡し、さりげなく話題を変えた。

「でも谷川さん、すごいよ。そんな状況を抱えてるなんて、誰も信じないと思う。明るいし、元気だし」

「ずっと言わないで、元気に見せてきたから」

「今日は言っちゃったね」

「な」

「ね」

「それに、街が明るくなってからも、まだ震災の話してると、みんな嫌うだろ。もしも『カンベンしてよ、もう』なんて言われたら、俺、本気で殴る」

美結が両手を広げた。

「私がまた前に立って、止める」

晃は苦笑した。

——あーあ……、家族と小太郎とみんなで生きて、当たり前の人生送りたかったよなァ。

この日をきっかけに、二人がつきあい始めたのは、ごく自然なことだった。

美結という明るくて屈託のないパートナーができたことで、晃はずい分と楽になった。

むろん、いくら年月がたとうとも、悲しみと孤独感は心に貼りついている。復興がどんどん進む被災地を知るたびに、「やっぱり死に損か」と虚《むな》しくなる。何もかも、やる気がなくなる。

だが、美結がいる日々は、それらをかなり和《やわ》らげてくれた。津波に消えた家族への思いや、「死に損か」という諦めと怒りも、常に頭から離れない。だが、晃にとって、いつも自分を見てくれている美結の存在は、力の湧くものだった。

二人が待ち合わせるのは、広瀬川に架かる大橋の上と決まっていた。

広瀬川は、仙台市と山形県境に源流を持ち、仙台の中心部をも流れる。歌にも歌われる清らかな川だ。

仙台は、杜《もり》と川がシンボルの大都市だが、美結にしてみれば、小さい時から見ている風景である。秋には広瀬川の川原で、幼い頃から芋煮《いもに》会をやってきた。七夕《たなばた》の花火大会や灯籠《とうろう》流しなど、川はあって当たり前だった。

だが、晃は違った。東京から六年ぶりに帰って来た時、杜の匂《にお》いと広瀬川に、万感胸に迫った。

――ああ、俺は故郷に帰って来たよ！

美結との待ち合わせには、いつも早めに着くようにしていた。一人で大橋から広瀬川を眺める。それは心を落ちつかせてくれる。しかし、ゆるやかに蛇行する上流を眺めるたびに、家族や町内の人たちと大騒ぎした芋煮会を思う。サンマも焼いたなァと思う。

美結はそんな晃の心を察していた。待ち合わせは雨でも雪でも、大橋の上にし、必ず五、六分遅れて行った。

雨に煙る広瀬川を、雪のスクリーンに霞《かす》む広瀬川を、芋煮の歓声が渡る広瀬川を、いつも晃は黙って見ながら、待っていた。

美結はそのたびに、何とか力づけられないものかと思う。だが、失ったものの大きさを考えると、黙って手を握るしかない。

晃は遠い目をして、それでも必ず握り返してきた。

二人で人気バンドのＫＥＹＴＡＬＫ《キートーク》のライブにも行った。あまりの人気で手に入らないチケットを、努力の末に晃が取ったのである。

終演後、二人は定禅寺通《じょうぜんじどおり》の並木を見降ろすカフェで、ビールを飲んだ。

「晃、ホントによくチケット取れたね。奇蹟だよ」

美結がパンフレットを撫《な》でるようにして、晃を見た。

「うん、奇蹟。何か……弟が取らせてくれた気がする」

「航《わたる》さんだっけ？」

「うん。……あの日も、俺と一緒に東京に行って、ＫＥＹＴＡＬＫのレアなＣＤ探したいって。一人で中古屋見るから、兄貴に迷惑はかけないって」

晃は笑ってみせた。

「な、連れてってりゃなァ」

「航さん、ありがと」

そう言って、美結がパンフレットを天に向けて揺らすと、晃はスマホを手にした。

そして、家族みんなで写った写真を出し、

「航、ありがと」

と、ふざけたように合掌した。

美結は写真をのぞき、声をあげた。

「この人、航さん？　イケメンだァ。この隣の人、お母さん？　ウソォ、美人だねえ」

「ナマはそんなことないよ。フツーのオバサン」

謙遜することが、妙に嬉しい。

「その隣がジイサンとバアサンで、小太郎を抱いてるのが親父」

この人たちが、晃一人を残して家ごと消えた。晃がまだ明るくなれないのは当たり前だと、美結はもう一度写真を見た。

美結の趣味が温泉巡りということもあり、二人はよく宮城県内の名湯を回った。

この日は、秋保《あきう》温泉に宿を取った。

美結はとうに湯に入りに行ったが、晃は窓際の椅子に座り、外を眺めていた。晩秋の紅葉が風に散る。

刻々と夕暮れが迫り、エアコンの暖房がきいているのに冷える。裏がフリースのパンツをはき、厚いセーターを着ているのに、窓ガラスを通して外気を感じる。

風呂上がりの美結が、浴衣《ゆかた》に綿入れ半纏《はんてん》を重ねて入って来た。

「何よ、晃。温泉入ってたんじゃないの？」

「ん……やっぱ、何かな」

「今回は絶対に入るって言ったじゃない。まだダメなの？」

黙る晃に、美結は畳《たた》みかけた。

「鳴子《なるこ》も青根《あおね》も作並《さくなみ》も、入らなかったじゃない。気持ちはわかるんだよ。なら、わざわざ温泉来ることないよ」

「いや、美結が温泉巡り趣味だし」

「私につき合わされてるって？」

「またそういうこと言う。温泉に入らなくたって、うまい料理食べて、美結とのんびりできて、俺も嬉しいんだよ」

年が明ければ、あの震災から八年目に入る。ずっと悲しみを抱えているのはわかるが、さすがの美結もついて行けなくなり始めていた。

二〇一九年の3・11も過ぎて、街はもう初夏だった。三月十一日には被災地でも、また全国各地でも慰霊行事が行われた。テレビのニュースでも、数多く取りあげられていた。

だが、晃は「毎年、この日一日だけな」と、さめている。

初夏のその夜、二人はビルの展望台で、夜景を見ていた。

輝く街の灯《あかり》を眺めながら、美結は「早いとこ、ここ離れよう」と思っていた。必ずいつもの質問が来るからだ。

「なァ、美結。3・11からどのくらいの間、暗かった？　仙台」

やっぱり来た。また来た。

「忘れた」

晃はその言い方に、美結がうんざりしていることは感じていた。かなり前からだ。晃自身、これは愚痴《ぐち》だとわかっていたが、口をつく。

――仙台はもう少し寄り添ってくれると思ってたけどな。沿岸部、まだ復興できてないってのに。まだ仮設にいる人もいるってのに。仙台はもっとやることあるだろうよ。

何度も口にしたこれは、すんでのところで止めた。

夏の青葉が力強く天を覆っている頃、晃と美結は漂流ポストの前にいた。

「話には聞いてたけど、いいところだねえ。ここなら手紙を出しに来た遺族も、癒やされるよ」

そう言って美結は、

「体中が緑色になりそう」

と深呼吸を二度、三度と繰り返した。

晃はそんな美結に喜びながら、ポストに手紙を入れた。

「何て書いたの？　元気に前を向き始めましたから、ご安心くださいって？」

「いや、美結というカノジョができて、いつも支えてもらってますって」

「またァ！　ホントは書いたんでしょ。毎日毎日、五人と小太郎ばかりを想ってい
ます……って」

「オ！　よくわかるな」

それを聞いた美結は、まっすぐに晃の方を見た。真面目な顔だった。

「マジな話、本気で自分の幸せをつかむ方が、家族は喜ぶんじゃない？」

「なかなかね……」

その答えに、美結は激しく言った。

「意外とめめしいね、晃」

晃はまっすぐに美結を見た。

「家族亡くさないと、わかんないよ」

二人の声を消すほどに、蟬《せみ》しぐれが降りかかった。

翌日、幼稚園の職員室でお昼を食べながら、美結は春佳に切り出した。

「私、もう無理」

「何で。いずれ結婚すると思うって言ってたじゃない」

「結婚の〝け〟の字も出さない、彼は」

「えー!!　つきあって三年目だよ。鳴子温泉でお泊まりしたの、つきあい始めてすぐだよ」

「……だっけ」

「何がだっけよ。作並も青根もお泊まりしたじゃない。こないだは秋保一泊。あ、そうだ、鎌先《かまさき》もだ」

「春佳、もの覚えいいね」

「ヒミツよとかって、毎回、私には嬉しそうに打ち明けてたじゃない」

「……だっけ」

春佳は箸を置いた。

「美結、すぐに別れな。そんなはっきりしない男とズルズルつきあっても、ろくなことないよ。決断の遅い男は、絶対に将来まっ暗」

「だよね」

「そうだよ。うちのダンナなんて、お泊まりした翌朝にプロポーズしたよ」

「早ッ」

「美結なら谷川さんより条件のいい男、絶対にいる。私、前から思ってた」

「でも、何か捨てておけなかった」

　春佳は吐いて捨てた。

「頭の悪い女はみんなそう言うの。この人は私がいなきゃダメになるって。ダメになるわけないよ。すぐ次の女探して、シャラッとしてるよ」

「普通はそうだろうけど、彼は震災で地獄見たんだよ。私と出会って初めて楽になったっていうか」

「だからってずーーっと家族の話聞かされて、俺だけ幸せになれないって言われて、アンタ、まだ我慢する気？」

「潮時だよね」

「もう十二分に尽くした。別れな」

美結は深くうなずいた。我慢ももう限界だ。だが、思わぬ言葉が口をついた。

「最後の最後に、私から出てみる」

「え……何それ。突然の捨て身」

「出る。今日出る」

「早ッ」

美結は本気だった。もう一度だけ自分から出て、それでも煮え切らなかったら別れる。はっきりと決心がついた。


東一番町にある喫茶店「あおき」は、大通りから一本入った落ちついた通り沿いにあった。東北大学片平キャンパスや片平一番町教会の近くで、昭和の「純喫茶」のようだった。店内の椅子にもコーヒーカップにも昭和の面影があった。

晃がコーヒーにミルクを入れた時、美結は笑みを見せて言った。

「急に呼び出してごめんね。実は話があるんだ」

晃が目を上げると、美結の顔に笑みはなかった。

「どう思って私とつきあってるの?」

晃の表情が硬くなった。どこかで予測していた「話」でもあった。

「私は結婚考えてたけど、晃にそんな気が全然ないんなら、私、もういいから」

どう答えればいいのか。

今でもずっと、自分が死なせてしまった弟や、冷たい濁流に沈んだ祖父母、両親を、心のどこかで想っている。

自分だけが助かった「運のよさ」に、感謝したことは一度もない。

美結は大切な大切な人であり、どれほど救われたかわからない。だが、自分は誰よりも愛している美結と結婚して、いいのか。自分だけ幸せになって、いいのか。

その思いは深く、どこかで美結に切り出す必要があると考え続けてきた。だが、切り出せば美結は別れるだろう。それが恐くて、言えずに来た。

「晃はたぶん、家庭持ったりして自分だけ幸せになれないって思ってるんでしょ。

俺も一緒に死にたかったとかって。でも、生き残ったんだよ。生き残ったってことは、絶対に何か意味がある。私、それ、何回も言ったよね」

その通りだった。

「生き残った意味は、みんなの分まで幸せになること。それが亡くなった人への供養だから」

美結にしても「いつまでもめめしい男だ」と思いつつ、晃の深い喪失感は想像できた。いや、想像できないほど深いものだろうと想像できた。であればこそ、晃を支えてきたつもりだ。

晃は美結の言うことを、十分に納得していた。別れを言われるのが恐くて、ここまで引っぱって来た自分が情けなかった。

美結の言う「供養」はわかる。だが、自分だけが幸せになることは、家族が風化することなのだ。

晃は居ずまいを正した。

「俺、今まで美結に甘えてたと思うよ。ズルズル続けてきて、ごめんな」

そう言って頭を下げた。

「今までありがとう。美結がいてくれて、よかった」

美結はそれを聞くなり、立ち上がった。

「わかった。でも晃、生き残った者が幸せになることと、風化は違うよ」

美結は伝票を乱暴につかんだ。

「あ、それ俺……」

あわてる晃には目もくれず、後ろを振り返ることもなく、美結はレジへ向かっていた。追おうとしたが、レジに立つ美結の背は、晃を強く拒《こば》んでいた。そう見えた。そして、背筋を伸ばして出て行った。

残された晃が店を出たのは、夕暮れが迫る頃だった。カップの底に残るコーヒーをすすった。自分は美結の大切な時代の時間を、三年になろうかというほど奪ってしまった。謝るに謝れないことだった。

夕暮れの通りを、晃は力なく歩いた。教会の窓に灯がともっている。その前にあるベンチに、ついへたり込んだ。ショックと情けなさと疲れで、動けなかった。

その時、タクシーが走って来た。幸いにも「空車」の赤ランプがついている。晃は反射的に手を挙げた。タクシーなんて贅沢《ぜいたく》だが、早く帰って眠りたかった。

「卸町《おろしまち》」

運転手にそう言うと、晃は背もたれに体を預け、ぼんやりと天井を見ていた。タクシーは夕暮れの街を走り出した。
五、六分走った頃か、ふと背もたれから外を見ると方向が違う。
「運転手さん、道違いますッ。卸町ですッ」

運転手は返事もせず、スピードを上げた。

「違うって。停まってッ」

その時、バックミラーに運転手の顔が映った。

「……ジイチャン……？」

運転手はミラーごしに、笑った。

間違いなく、祖父の行雄《ゆきお》だった。

声もない晃を乗せ、どこに行くのか、タクシーは夕暮れの仙台を走り続けた。

第四章

晃《あきら》は必死になって窓に顔をつけた。どこを走っているのだろう。どこなんだ……。見慣れたテレビ塔が、進行方向右手の遠くに姿を現した。方角を割り出そうとした瞬間、タクシーはトンネルに入った。真っ暗になった。

――こんなところにトンネルがあったか？　聞いたこともない……。だけど、テレビ塔が見えたから、間違いなく仙台だ。

晃は恐々《こわごわ》と、またミラーを見た。間違いなく行雄《ゆきお》だった。

トンネルを抜けるなり、思わず目をつぶるほどの光が車内に入って来た。強烈な午後の陽ざしだ。それを正面から受け、晃は手で顔を覆った。そのほんの何秒かのうちに、タクシーは停まった。

――え……何な……んだ……。

夏空と入道雲の下にあるのは、谷川家だった。

それは震災前と何ら変わらず、当たり前のように建っていた。

行雄に促《うなが》され、晃は車を降りた。信じられない光景だった。

庭には桜の木があった。三月十一日のあの日、東京に行く晃を見送りながら、家族で「あど一か月もすっと桜だねぇ」と見上げた木だ。

その根元で、昔と同じに小太郎がまどろんでいる。ふと薄目を開けるなり、晃を見つけ駆け寄って来た。昔と同じに脚にじゃれつく。

「コタ……お前、本物のコタか？」

小太郎は茶色の雑種だが、首に一筋の白い毛がある。確認すると、確かにあった。

晃はこの光景を絶対に信じなかった。

――夏の光が強烈すぎて、目がちゃんと開けられないんだもんよ。目が慣れないからおかしなものが見えてンだ。

そう思いながら周りを見ると、トシの家もあった。クリーニング店をやっている坂口さんの家も、コンビニもポストも、以前のままに全部あった。何から何まで、震災前と同じだった。

——目が慣れたのに、見える……。昔のまんまだ。

呆然《あぜん》と突っ立っていると、

「コタ、ごはんだよ」

と声がした。

クミだった。

「なんだべ、晃。まずいいあんべに昼時に帰って来んだがらァ。ちょうどアンダの好きなカレーだァ」

クミはそう言って、桜の木の下に小太郎のエサを置いた。いつものドッグフードだ。

「晃、暑っいがら早く入らいん。チョコレートだのインスタントコーヒーだの、アンダ好みの隠し味、いっぺ入れだよ」

晃は呆然としながらも、ついて行った。

玄関を入った瞬間、間違いなく昔の自分の家だと思った。甘いような、少し苦いような、自分の家の匂《にお》いがした、小学生の頃からこの匂いだった。どこの家にも独特な匂いがあるものだが、この匂いは「自分ち」だけのものだった。

玄関をあがると、居間も昔のまんまだった。町のカラオケ大会でもらった準優勝のカップも、良子《りょうこ》が作った切り絵の額もある。

昔からの古テーブルで、広太郎《こうたろう》、行雄、良子、それに航《わたる》がすごい勢いでカレーを食べていた。

——みんないる……。何でだ。カレー皿も、いつも使ってたヤツだ……。

航が苦笑した。

「夏にカレー食うのは体力いるよなァ。汗だくだもんな」

晃はあいまいにうなずき、突っ立っていた。広太郎がニコリともせずに言った。

「晃、お前《めえ》やるじゃねぇが。あのケツのまぐり方には、我が息子ながら惚《ほ》れたど」

――何で知ってる……。

昔からあった掛け時計を見ると、一二時を回ったところだった。変だ。教会前で
タクシーに乗ったのは、夕方だった。

クミが晃にもカレーを運んで来た。

「何おっ立ってんの。座って食べさい。おかわり、いっぺあっからね」

「兄貴好みの隠し味カレー、俺、ホントは好きじゃやねンだよな」

航がそう言うと、広太郎がすぐに同意した。

「俺もだ」

そう言ってはガツガツとかっこむ二人に、クミがあきれた。

「よっく語《かだ》んな、二人とも三杯目だァ。何好きじゃやないってが」

「いや、腹減ってっがら」

突然、良子が歌い出した。

「どうしておなかがへるのかな」

――間違いない。震災前のみんなだ。

「晃、座って食え」

行雄に言われて、あたりを見回しながら座った。カーテンもテレビも茶ダンスも、震災前のままだ。

家族は誰も年を取っていなかった。小太郎もだ。あの日から八年がたつのにだ。

そして、突然晃がやって来たというのに、誰も驚きもせず、珍しがりもしない。

――ここはいったい、どこなんだ。

広太郎が水を飲みながら、航に言った。

「オイ、観光農園のアイデア、何か出だが」

「みんなでいろいろ出してるよ。ちょっと待ってよ」

「いつまで待だすんだァ。お前《めえ》らみんな農業高校のグループだべ。面白《おもしえ》くて若《わげ》えアイデア出るだろうよ。まったぐ」

クミが晃のグラスに冷たい水を注《そそ》いだ。

「お父《ど》さんね、前っから真っ赤に熟れだいちごお客さんさ食べでもらいてって語ってたんだよ」

普通、いちごは完熟する前に出荷する。市場に出回って、食べる頃に真っ赤になる。

今、完熟の赤い実を摘み取《つ》って、その場で食べる「観光農園」も人気だ。

広太郎は夏いちごの完熟を、そうやって食べてほしいと考えていた。いちごの季節ではない時に、熟《う》れた実を自分で摘んで食べる。

ただ、それに加えて、さらに際立《きわ》った個性を持つ農園にしたかった。とはいえ、その具体案が浮かばず、航と若い仲間たちに期待していたのである。

航は三杯目を食べる手を止めず、晃にぼやいた。

「各地の観光農園、どこも頑張ってるんだよ。それで『違う個性のアイデア出せ』ってせっつかれてもなァ」

晃には航の声など耳に入らなかった。

ここはどこなのか。死んだはずの家族はなぜ生きているのか。自分はどうしてここにいるのか。混乱するばかりで、カレーに手をつけるどころではなかった。

「何したの、晃。食べねの？」

クミに言われてスプーンを手にしたが、すぐには食べられない。

――このカレー食ったら、俺はここの人間になってしまうんじゃないか。

一緒に死にたかったと思うほどの家族だが、この事態はどうにもおかしい。この人たちは誰なんだ。

スプーンを手にぼんやりしている晃を、クミが心配した。

「どっか悪いのが？」

「いや」

晃は腹を決め、一口食べた。

「うまい……」

以前と同じ、母親にしか出せない味だった。

「んだべ。今回は隠し味のバランス、特にうまぐ行ったんだァ。ヨーグルトも入れたんだよ」

懐かしいうまさに、晃は涙ぐみそうになった。

――この人は絶対に母親だ……。

晃はサラダを取るふりをして、隣で食べている広太郎の腕に、さりげなく触れた。

――あったかい。みんな生きてるんだ。

航は三杯目の皿もきれいに平らげた。

「ごちそうさん！　さァ、すぐに観光農園の個性を考えよう。食ってすぐという働き者の俺。な、親父」

「自分でほめんでネ。何も浮かばねぇ頭を無駄に使うより、今は夏いちごの出荷手伝え」

「どーれ、お母《が》さんもハウス行っかな」

クミと一緒に、行雄と良子も立ち上がった。行雄は首にタオルを巻いた。

「今はタクシーどこでねぇもんな」

――え……ウソだろ。俺、どうやって帰るの。

「あの……俺そろそろ」

誰も聞いていないのか、広太郎は、

「まったくコタの手も借りてえよ。晃も手伝え」

と言い残し、小走りに出て行った。

居間に一人残された晃は、どうしていいかわからなかった。どうやったら帰れるのだ。どこかに、あっちの世に続く入口でもあるのではないか。近くにトンネルはないか。家族と一緒にいるのは嬉しいが、これは絶対に変だ。とにかく、ここにいるのはまずい。

晃が庭に出ると、満腹の小太郎が桜の木の下で眠りこけていた。

その体をさわると温かい。規則正しく息をしている。生きている。

「コタ、どっかにあっちとつながる出入口とかないか？　え？」

小太郎は、規則正しい寝息をたてるばかりだ。

晃は出入口を探し、庭の隅々を歩いた。

探せば探すほど、どこもかしこも昔のまんまだとわかる。納屋も肥料置き場も、裏庭も、あの時と同じだ。

だが、どこかに出入口があるのではないか。そう思って、農機具や物入れなどを動かし、奥の奥まで丁寧に見た。

出入口らしきものは見つからない。

晃は小太郎のそばにしゃがみこんだ。

「なァ、ここどこなんだよ。不気味だろ、変だろ。コタ、俺、帰りたいの」

小太郎は薄目も開けず、眠りこけている。

晃は気を取り直し、行雄のタクシーが停まったあたりも丁寧に見た。ここでも、出入口らしきものは見つからない。

強烈だった夏の陽は、夕陽になって少しずつ傾いていく。

心細さが増す。今、何時だろう。航からもらった腕時計を取り出した。航がくれたものなら、航のいるこっちの時刻を示しているのではないか。

だが、あっちの世と同じに、三時五六分で止まっていた。

自分の腕時計に目をやろうとした時、車のクラクションが鳴った。行雄が運転するタクシーだった。

「乗れ。日暮れねぇうぢだ」

晃は転ばんばかりの勢いで、タクシーに駆け寄った。

――助かった。助かった！

あんなに家族を想っていたのに、心の中でそう叫んでいた。あの家族はおかしい。あれは違うだろう。

すでに、夕暮れが始まっていた。

晃は助手席に座り、チラチラと運転席の行雄を見た。

「何見てんだ」

「い、いや、カレーうまかった」

「オオ、何よりだ」

行雄の横顔は笑っていた。口の中に、小さい頃から馴染《なじ》んでいる金歯があった。

――ジイチャンだ。「みんな死んだんだよね？」とは、恐くて聞けない……。

タクシーは震災前と同じ家を出て、震災前と同じ町を走った。

「ジイチャン」

「ん？」

「ここ、どこなんだよ」

行雄が答えるより早く、車はトンネルに吸い込まれた。

行雄はトンネル内の灯《あかり》に照らされた顔で、つぶやいた。

「夕暮れはあの世とこの世のはざま時」

「え?……夕暮れはあの世とこの世の……」

「はざま時」

――夕暮れ時は、ふたつの世がつながってるってことか……?

晃は窓に顔をつけ、たとえトンネル内でも何か手がかりはないかと、必死に暗闇を見た。

長いトンネルだった。三、四分走っただろうか、車はトンネルを抜けた。目の前に突然、仙台の街が広がった。遠くにテレビ塔もある。

――仙台だ。仙台……。

タクシーはやがて、片平一番町教会の前に停まった。晃が乗り込んだ場所だ。

「ジイチャン、聞きたいことがあるんだけど」

「何だ」

「あの世とこの世は、夕暮れ時にだけつながるのかよ」

降りた晃の問いを無視し、行雄は笑顔で片手を挙げた。

「ジイチャン、待ってよ」

タクシーはあっという間に小さくなった。

腕時計を見ると、ここで乗り込んだ時刻と同じだった。六時五〇分くらいだっただろうか。夏の今時分、夕暮れはその頃だ。

だが、少なくとも三、四時間はあっちにいた。何もかもがわからなかった。もしかして、家族を想うばかりに幻《まぼろし》でも見たのか。そうとしか考えられなかった。


青葉幼稚園の園庭では、うるさいほどに蟬《せみ》が鳴き、暑さを倍増させていた。

職員室で春佳《はるか》が日誌をつけていると、帰り仕度をした美結《みゆ》が入ってきた。

「ごめん、今日四時半で早退する。園長には話したから。彼を呼び出したの」

「え？　アンタ、昨日別れたんじゃないの？　捨て身で行ってもダメだったって言ってたでしょうが」

「うん。ダメ。だから別れた」

怪訝《けげん》な表情の春佳に、美結は言った。

「でもね、彼は私に謝《あやま》って、今までのお礼言って、ちゃんとしてた。私はムカついて伝票つかんで席立っちゃって」

「どうせ別れるんだから、それでいいじゃない」

「だけど、昨日布団《ふとん》の中で考えたよ。この別れ方、後味悪すぎ。ま、いいこともたくさんあったし、三年になろうかってほどつきあったのも縁だし。一応、お礼とかサヨナラとか言って別れた方が、私のためだなって」

「まァ、それが筋って言えば筋だけど」

「その方が、私もすっきり前に進めるからさ。春佳、新しい人、紹介してよね」

「わかった。ダンナの友達とかいろいろいるから」

美結は晴れやかな表情で、出て行った。

喫茶店「あおき」には、すでに晃がいた。美結は小走りに行き、

「お待たせ」

と言ったが、晃はぼんやりとテーブルに目を落とし、気づかない。

「遅くなってごめんね」

「あ、びっくりした。いや、俺も来たばかりだから」

二人はコーヒーを飲みながら、無言だった。

——昨日別れたのに、何の用だよ。

一瞬そう思っただけで、昨日の信じられない出来事が頭を離れない。昨夜はほとんど眠れなかった。

美結が口を開いた。

「昨日は私、お礼もサヨナラも言わないで席蹴《け》っちゃって、ごめんね」

「あ……いや」

「今まで、晃と一緒で楽しかったよ。いい思い出もいっぱい作ってくれて、ありがとう」

「あ……うん」

「配達で幼稚園に来たら、また塩入りゼリー出すね！」

笑うだろうと思って言った美結だが、晃は心ここにあらずという様子だった。

「晃、聞いてる？」

突然、晃の目が強くなった。

「美結は科学で証明できないこと、信じる？」

「何それ、急に。信じるよ。そういうことっていっぱいあるってよ」

晃は硬い表情だった。

「……俺、死んだ家族と犬の小太郎に会ったんだよ。前のまんまに、幸せに暮らしてた」

そんな夢の中の話は、美結にはどうでもいい。

「へえ。夢の中に出てきたのは、そろそろ前向いて歩けって言いたかったんだよ」

晃はそれを、はっきりと否定した。

「夢じゃない。昨日、美結と別れて教会の前で座ってたら、死んだジイチャンのタクシーが来たんだよ」

「ウワァ！　すごーい」

バカにしたような美結の言い方を、聞いてか聞かずか晃は真剣につぶやいた。

「もう一度行ってみたい」

あの時、あまりのことに混乱はしたが、まったく恐くはなかった。ただただ、不思議だった。帰らなくてはと焦っただけだ。

もう一度、あそこに行きたい。もう一度家族に会いたい。昨日から思い続けていた。

美結は笑ってハンドバッグを引き寄せた。

「じゃ、また教会の前でタクシー待ってれば」

ずい分と失礼な言い方をして、バッグを手に立ち上がった。

「今までありがとう。楽しかった。元気でね」

晃は座ったまま、窓から夕暮れを見てつぶやいた。

「夕暮れはあの世とこの世のはざま時」

美結は「こいつ、いっちゃったか?」と、立ったまま苦笑した。

晃も立ち上がった。心ここにあらずでも、今度は伝票をしっかりと取った。

二人は微妙な距離を取り、並んで外に出た。暮れていく空が美しい時刻だ。

晃は教会の前で、突然立ち止まった。そして昨日、タクシーが来た方向を見た。

「ちょうど昨日の今頃なんだ」

美結は聞いてもいない。

「じゃ、私帰るね。ホントに今までありがとう。一番町とかでバッタリ会ったら、ごはん食べよ。元気でね！」

美結は何ら思い残すこともない表情で、そう言うなり歩き出した。

晃は昨日タクシーが来た方向ばかりを見ている。

美結はその姿に苦笑して、立ち止まった。

「少しずつでいいから、前向いて歩き出しなね。じゃないと、一生棒に振るよ」

美結が言い終わるか終わらないかという時、晃が叫んだ。

「来たッ!!」

「え？　何が？」

タクシーだった。

晃の前で停まると、後部ドアが開いた。

晃は咄嗟《とっさ》に美結の手をつかんだ。

「何するのよッ。私、帰るッ」

ジタバタする美結を強引に押し込み、晃も乗った。

「やめてよ！　帰るッ」

晃の体を叩《たた》き、窓を開けて叫んだ。

「誘拐ですッ。助けてッ」

運転席の行雄が、苦笑して振り向いた。その顔を見るなり、美結が硬直した。

「あ……あ……」

タクシーは走り出した。

美結は震える声で、晃に囁《ささや》いた。

「お祖父《じい》さん……？　見せてもらった写真と同じ顔……」

「うん。しばらく行くと、見たこともないトンネルに入る」

「恐いよ、降りる。運転手さん、一人降ります。停めてください」

運転手はまっすぐに前を向き、ひたすら走る。

「晃、あっちに八木山が見える。仙台市内だよ。運転手さん、私、ここで降りますッ」

その時、突然、車内が真っ暗になった。トンネルだ。

「こんなトンネル、あった？」

美結の声は恐怖に震え、晃の腕にしがみついている。

「俺も知らない」

昨日と同じに長いトンネルを抜けると、夏の強烈な、真っ白な光がタクシーを直撃した。思わず腕で遮《さえぎ》るうちに、車が停まった。

「これ、俺の家」

「え？　流されたんでしょ……」

行雄がクラクションを鳴らすと、家から広太郎と航が飛び出して来た。すぐに良子の手を取ってクミも来た。相変らず桜の木の下でまどろんでいた小太郎も走って来た。

「晃……みんな写真と同じ顔……」

「うん、死んだはずなんだけど……」

誰もが日に焼け、いい笑顔だ。クミがはしゃいだ声をあげた。

「美結さん、よっぐ来たっちゃねぇ」

「あの……お母さんですよね。私のことご存じなんですか」

「そりゃ、晃の大事な人だがら。ね、お父《ど》さん……あれ？」

広太郎はすでに、叫びながら道路に走り出していた。

「みんなーッ、すぐ来ーいッ。晃がカノジョ連れで来たどーッ。美人だどーッ。早ぐ来ーいッ。祝いだァ」

広太郎の声が角を曲がると、航が謝った。

「騒々しくてすみません。ああいうキャラで、こっちも大変ですよ」

「ほれ、美結さん、あがらいん」

みんな玄関へと歩き出した。

「晃、ここどこ？　亘理《わたり》？　みんな生きてたの？」

晃は首を振った。わからない。

仙台からトンネルをひとつ抜けただけで、亘理に着くはずがない。だが、家も周囲の様子も、震災前の亘理だ。

晃は不安を見せぬよう美結の腕を取って、玄関へと歩き出した。

——俺がしっかりしなきゃな。ちゃんと帰れるよな……。

居間のテーブルには、すでに豪勢な料理が並んでいた。「カノジョ」ができた祝いだろうか、尾頭付きの鯛《たい》まである。

——家族はみんな、俺と美結がここに来ることを知っていたんだ……。

各種の酒やグラスも、テーブルを埋めつくしている。

良子が美結を真ん中に座らせ、

「まずねぇ、おら家《い》のバカ孫がいっつも世話んなって」

と笑顔で挨拶したが、美結は返事もできずにいる。二度目の晃でさえも、信じられないのだ。

その時、玄関に大声が響き、足音も騒々しく近所の人たちが入ってきた。

「アキちゃん、カノジョでぎたって？」

「あらァ、お父さんの言う通りだァ。きれい過《ず》ぎだァ」

「今、お父さんはまだ誘いに走り回ってっけどさ、このカノジョならみんなに見せだいべね」

客たちは手に手に酒びんや、ツマミや漬け物の入った袋を持ち、賑やかにテーブルに並べ始めた。

「いいねぇ、昼間っから祝いの酒盛り」

「おら家《い》の漬け物、うまいよ」

「ホント？　ちょっと食べでみっから」

「ダメッ。美結ちゃんが食べでから」

美結は、見知らぬ人たちまでが自分の名前を知っていることに驚いた。

「晃、この人たち、全部死んだ人？」

小声で聞くと、小声で返された。

「全部。全部死んだ人。向かいの山本さん、コンビニの坂口さん、クリーニング店の敏子《としこ》ババ、酒屋のショウちゃん、郵便局の小山さんと奥さん……みんな三月十一日に死んだ人」

「遺体は？」

「山本さんと敏子ババは見つかった。他はどうだろ……」

「遺体が見つかった人までいるって、変じゃない？」

「だけどいるんだから」

「ここ、どこ？」

「聞かれてもわかんねえよ」

玄関で「アキちゃーん」とカン高い声がいくつも響き、子供たちが興奮して入って来た。

子供まで来るとは思ってもおらず、晃は声を張り上げた。

「オオッ！　みんなも来たか。友彦《ともひこ》、元気そうだな」

子供たちは二歳くらいから十歳というところか。

美結は晃に囁いた。

「死んだのに、元気そうって変だよ」

「だけど、元気そうなんだから。愛梨《あいり》も萠《もえ》もよく来てくれたなァ。健《けん》も日に焼けて、男っぽくなったじゃねえか」

「アキちゃん、後で和也《かずや》とヤッちゃんと明美《あけみ》も来るって」

「そうか、楽しみだなァ」

美結は子供たちに作り笑いをしながら、晃の耳元で確認した。

「この子たちも死んだの？」

「そうだよ。よく遊んでやったんだ、俺」

広太郎が大声を張り上げ、盃《さかずき》を高々とあげた。

「んでは、皆さんの益々の健康を願って、カンパーイ！」

子供たちもジュースで加わり、一斉に「カンパーイ！」と叫んだ。

死んだのに「益々の健康を願って」はおかしいと思った美結は、また小声で晃に言った。

「聞いてみてよ。『皆さん死んだんですよね』って」

「バカッ。そんなこと聞けるかよ」

美結は晃をひとにらみすると、優しい声で聞いた。

「皆さん、お亡くなりになったんですよね？」

晃は凍りついたが、誰もが声をあげて笑った。

「生き死になんて関係ねぇべ。あの世とこの世はつながってんだがら。ねぇ」

クミの言葉に、コンビニもクリーニング店も郵便局も、当たり前のようにうなずいた。

これでは答えになっていない。

「昔っからつながってぺや」

酒屋は「今さら何だよ」とでも言いたげに笑うと、酌をして回った。

庭で遊んでいた子供たちが、縁側から入ってきて、美結を取り囲んだ。

「お姉ちゃん、遊ぼ」

「お庭で遊ぼ。ねえ、行こうよォ」

「そ、そうだね。遊ぼ」

美結は子供たちにまとわりつかれながら、庭に降りた。

タクシーを会社の駐車場に入れてきた行雄が、目を細めた。

「子供は鋭いよなァ。幼稚園の先生の匂い、わかんだべな」

——美結の仕事を、何で知ってるんだ。

酒と料理で、座がますます盛り上がる中、広太郎が庭の美結に目をやった。

「しかし、晃はじれってぇな。あんないいカノジョに気持ちが一〇〇パーセント行ってねぇもんな。んだべ、クミ」

「そう言ったたって、晃にしたって私らこいなぐ幸せにやってるなんてわがんねもの。つい、私たぢにも気持ち行ぐさねや」

「そうだよ、私らが幸せなこと、わがれったたって無理だよ。な、晃」

「あ……まァ……、うん」

酒の強い良子は、楽しげに手酌である。

「こっちから見でるとさ、確かに二、三年はめげてる人、多がったよね。失《な》くしたもの大きすぎたし」

クリーニング店が餃子を頬張りながら、話に入ってきた。

「年がたつにつれて、めげてる人はどんどん減ってきたよな。けど、それはいいごったァ」

「んだんだ。こっつも肩の荷が下りっから」

少し赤い顔をした広太郎が、晃に言った。

「いいが、震災の前《めぇ》はよがったなんて思うんでねぇど。震災があろうがなかろうが、人はいづだって『昔はよがった』なんだ」

コンビニと酒屋も割って入ってきた。

「そ。『昭和はよがった』とか、『若い頃は』とがな。その根性が情けねぇんだ」

「すぐ美化しやがってな」

「美化は簡単だがらよ」

「それだよ。震災前だってよくねぇごどはいろいろあったァ」

「いちごだって、地面にのだばって作ってわさ。なしぬ今は高設《こうせつ》式だおん」

「腰痛めるこどもねぇしな」

——いちごハウスが高設式なことまで、知っている。何でだよ。何で。

庭で子供たちと遊んでいた美結は、そっとスマホを出した。圏外だった。

室内からそれを見ていた晃に、指で小さくバツを作った。晃もうなずいた。

酒席の客はコンビニやクリーニング店に混じり、やはりいちご農家が多い。夏いちごを海外でメジャーにしたいと何度も言う。

「亘理のいちごはうまいからさ、俺は必ず和牛みたいな世界ブランドになると思う」

「今、夏いちごはあちこちで作ってるだろ。だけど、亘理ほどのいちご、ねえよ」

航が自分のグラスに、麦茶をなみなみと注いだ。

——そうか、年取らないから航は十六のままか。酒はダメなんだ。

「俺、農高の仲間といろいろやってるけどさ、この間、ショックなこと聞いたよ」

航は広太郎や大人たちに、くやしそうに伝えた。

「日本って国は、諸外国に開発で勝って、ビジネスで負けるって」

座が静まった。

「確かにそうだと思ったよ。いちごに限らず、日本って国はいろんなものを開発するけど、後追いの諸外国がそれに近いものをバンバン作って、シェア一位とかさ」

晃はみんなの顔をじっと見ていた。喜んだり、くやしがったりの表情も、生きている時と同じだ。

「航、気合い入れろッ。ビジネスでも勝でッ」

広太郎の言葉に、航は立ち上がり、

「その言葉、農高のみんなに言っとくよ。ちょっとトイレ」

と立って行った。晃もさりげなく立ち、後を追った。

「航」

廊下で呼び止めた。航は振り返るなり、Vサインを作った。

「安心したろ。みんな楽しくやってて」

晃は大きく息を吸い、呼吸を整えた。

「ここ、『あの世』か?」

航はケロッと答えた。

「そうだよ」

「……みんな死んだんだろ」

「ここで生きてんだよ」

「何なんだよ、ここ」

「ま、言うなれば『あの世の地元』だな」

——あの世の地元……？

「岩手の人たちも福島の人たちも、みんな『あの世の地元』で楽しくやってるよ。俺も先週、岩手の宮古に行ってさ、地元の友達と集まった」

晃は混乱する頭を懸命にめぐらした。

「……『あの世』って、死んだ人たちが元気って……こんなのアリか？」

「アリだよ。見た通りだよ」

そう言われると、声もない。

「なァ、兄貴。いい加減元気に歩き出してくれよ。前向いてさ。俺たちみんな元気だってわかったろ」

「うん」と言っていいのか、悪いのか、晃にはわからなかった。この『あの世』とは、この『あの世の地元』とは、いったい何なんだ。どこなんだ。

「美結さんと幸せになることだけ考えてりゃいいんだよ」

黙る晃に、航は正面から目を向けた。

「見てるとどこの家でも、生き残った方が地獄だよな。だからもう、悔《く》やまないでくれよ」

「いや、地獄で悔やみ続けるのが……生き残った者の使命……っていうか」

航は声をあげて笑った。

「生き残った者に力を与えるのが、死んだ者の使命」

この明るさは何なんだ。晃は無視して言った。

「航をあの時、東京に連れてっていれば……」

「最後に行かないって決めたのは俺だよ。だから俺は、『生き残りの地獄』に落ちなくて済んだんだよ」

航は声をあげて笑った。

こんなことを本気で言っているのか。励ましはやめてほしい。誰が考えても、十代で死ぬ方が不幸なのだ。

晃はポケットから、入学祝いの腕時計を出した。航は「ヒャー」と声をあげた。

「まだ持ってんのかよ。ホントに兄貴、ごめんな。洗面所でサッサと渡してりゃ、針も止まらなかったのになァ。安物だし、もう捨てろって」

晃は文字盤に目を落とした。

「津波に襲われた三時五六分から動かない。この針を見るとさ、忘れないんだよ、あの日をな。もう世間じゃすっかり風化してるけど」

「そうか？　そりゃ、前みたいに熱に浮かされた感じはないけどさ。だけどみんな、今も忘れてないよ。俺たちのことも、3・11のことも」

――忘れてるよ。3・11にだけ思い出す。いや、イベントやらで思い出させられるんだ。

晃はフーッと大きく息を吐き、つい下を向いた。

「兄貴、頼むよ。生き残ったヤツらが元気じゃないと、俺たち死んでも死にきれないんだよ」

「死んだヤツが言う言葉じゃないだろ」

航はふき出した。

「そうだよな」

信じられないことだが、死んだ者たちは今、「あの世の地元」で本当に元気に暮らしている。飲んで食べて笑っている。晃は今、何を言っても航のアッケラカンぶりに勝てない気がした。

ただ、ひとつだけ聞きたいことがあった。「おしっこ」と言ってトイレに向かう航を、あわてて止めた。

「なァ、何でみんな知ってるんだ？　俺が前向けてないことや、美結の名前や仕事や……何で」

「だから、こっちは残した者に申し訳なくて、いつも見守ってんだもん。『あの世の地元』のヤツはみんなそうだよ」

そう言った後で、航は思い出したらしい。

「それに兄貴、手紙くれたろ？」

「え、陸前高田《りくぜんたかた》のポストのか？」

「うん。それ」

「まさか……読んでたのか、あれ」

「当ったり前だろ。岩手の人間も福島の人間も、こっちにいるヤツはみんな読んでるよ」

晃は驚いて声もなかった。航はそんな驚きには関心もないようで、笑って言った。

「それより兄貴、あきれたろ。親父はあの世でもこの世でも、いちごしかないの」

広太郎にしてみれば、観光農園への志《こころざし》半ばにして、命を絶たれたことになる。完熟のいちごをその場で食べさせたいと、熱っぽく語っていた広太郎だったのに、津波に呑《の》まれたのはどれほど無念だっただろう。

「俺、観光農園、必ず実現させるから。親父の夢を叶えてやりたいだけじゃなくてさ、俺がやりたいの。亘理のいちごの力、絶対に示してやる」

頬を紅潮させて、力いっぱいに言う航を見ながら晃は混乱していた。

――それは、生きてる者のセリフだろうよ……。こいつら、ホントに生きてんじゃないか？

「今度こそ、おしっこ」

駆け出して行く航の後姿に、晃はつい足元を見た。足はあった。幽霊ではない。みんながいる部屋に戻る時、ふと縁側を通った。美結が子供たちと並んで、座っていた。

「ねえ、みんな。ここ、どこ？」

美結の声が聞こえた。子供たちは一斉に叫んだ。

「ここ、縁側！」

晃が苦笑してそばに寄ると、美結が小声で聞いた。

「私ら帰れるよね？　どうやって帰れる？　いつ帰れる？」

「大丈夫だよ。心配ないって。夕方になればまたジイチャンが送ってくれる」

美結は不安気ではあったが、自分に納得させるかのようにうなずいた。

子供たちは、晃と美結の手を引っぱった。

「アキちゃんも遊ぼ」

「アキちゃんとお姉ちゃんと、僕らで遊ぼ！」

晃は引っぱられながらも、縁側に座ったままで聞いた。

「みんな、どうだ。毎日楽しいか」

子供たちは一斉に叫んだ。

「楽しーい！」

大口を開けた友彦の、前歯が二本欠けていた。友彦は生前、晃と道で会うなり口を開けたことがある。

「見て。下の歯二本抜けたの」

乳歯が抜け、永久歯に生え変わる年齢なのだ。あの日、道でほめてやった。

「オーッ、友彦すごいな。じき、学校だもんな」

縁側にいるのは、誇らしげにうなずいた友彦だ。歯が二本抜けたまま、学校に行かぬまま、津波でこっちに来た。間違いない。

ここはどこなのだ。不安気な美結を心配させまいとしても、晃自身が不安だった。

「アキちゃん、僕たち毎日楽しいけどねえ、お祭りがないの」

健が口をとがらすと、子供たちは一斉に言った。

「そうだよ。それだけ楽しくないの」

「うん。ないもんね」

「え？　夏祭りとか神社祭りとか、亘理のお祭り、いろいろあるだろ。ひとつもやってないのか」

「うん、ないの。灯籠《とうろう》流しも」

晃は一番小さな萠を膝に乗せ、確認するようにみんなに聞いた。

「何でないんだよ。こんなにみんな、元気に暮らしてるのに、何で祭りだけないんだ」

子供たちは細い首をかしげた。

「わからないけど、神社がないとお祭りできないんだって」

「パパ、言ってたよ。いつか神社建てるからそれまで待てってて。な」

「な」と言われた子供たちは、そろって力なくうなずいた。

　友彦が欠けた前歯で言った。

「でも、平気だよ。待つんだ。な」

　子供たちは大声で「な」と叫んだ。無理して平気ぶって「な」と返しているのは、その表情から一目瞭然だった。

　子供にとって、祭りがどれほど楽しみで心弾《はず》むものか。晃は高校生になっても、神輿《みこし》をかつぐと思うだけで眠れなかったものだ。

「よーし！　神社建てる前に、お神輿作ろうッ」

　思わず、そう叫んでいた。

　子供たちは歓声をあげた。

「アキちゃん、作ってくれるの？」

　晃の返事を待たず、愛梨が居間の大人たちに叫んだ。

「アキちゃんが、お神輿作ってくれるって」

　晃は愛梨の肩をトンと突いた。

「何言ってんだ。お前らもみんなで作るんだよ」

美結は冗談じゃないという顔で、晃をにらんだ。そうでなくても、帰ることができるのか不安なのだ。それも、夕暮れのうちに帰らないとならない。「夕暮れはあの世とこの世のはざま時」だと教えてくれたのは、晃ではないか。

なのに神輿など作っていては、本当に元の世に帰れなくなる。

だが、子供たちは飛び上がって歓声をあげた。

「すげえ！　俺たちが作るの？」

「ヤッタァ！　俺、頑張る！」

「パンダのお神輿がいい」

「ミッキーのがいいよォ」

膝の上の萠までが、小さな手を叩いて喜んでいる。

晃はもはや、美結のことなど眼中にない。一緒になって「パンダがいい」だの「ミッキーにしようか」だのと言っている。

友彦が欠けた前歯で、興奮したように美結に聞いた。

「お姉ちゃんは何がいいと思う？」

「お姉ちゃんねえ……何がいいかなァ。ミニーちゃんとミッキー並べるのがいいな」

と答えながら、晃のそばに行った。そして小声で、しかし強く問いただした。

「夕暮れのうちに帰れるよね。あの世とこの世のはざま時を外すと、こっちに泊まるんじゃないの？　私、それってないから」

「大丈夫だって。十分に帰れるよ」

「信じていいのね？　それまでに絶対、お神輿作れるのね？　ね？」

「絶対に大丈夫。絶対」

晃はいとも軽く「絶対」を連発すると、子供たちに命じた。

「みんな、すぐに家に帰って絵の具とかクレヨンとか色紙《いろがみ》とか、何か神輿に使えそうなもの持って来て。とりあえず何でも持って来いよ」

子供たちは歓声をあげて、走り出して行った。萠は、晃の膝からスルリと降りると後を追った。

——萠、子猿みたいだな。子猿の歳で死んじゃったんだな……。

「晃、必ず夕暮れまでに作ってよ」

美結にうなずくと、居間にいる航を呼んだ。

「航、子供神輿作る」

「ええッ⁉　祭りやる気か？」

「大人には灯籠作ってもらう」

「急に、灯籠流しもやるってか？」

「やる」

「ちょっと待てよ。子供のために神輿はいいよ。だけど、灯籠流しって、死んだ人たちを慰《なぐさ》めるために、生きてる人が流すものだよ」

「いや、ここに来てわかった。その逆もあるんだって」

意味を取りかねている航を、晃は真っ正面から見た。

「生きている人を慰めるために、死んだ人が流すんだよ」

「……灯籠を？」

「そう、灯籠を。生きてる人のために流す」

「死んだ者が……？」

「そう。こっちに来て、よくわかったよ。あっちじゃ『死んだ者』とされてるみんなが、こっちでこんなに元気に笑って生きてるだろ。だけど、あっちの人間はそれを知らないんだよ。だから、みんな嘆いて悲しんでる。力が出るわけないよ」

「そうか。幸せに生きてるなんて思いっこないもんな」

「うん。萠みたいな小さい子もみんな、笑って暮らしてるなんてな」

「それをあっちの人に知らせるための、灯籠流しか」

「そう。心配いらないよってな。みんな元気だから、残された人たちも元気になれよってな」

「……こっちからのメッセージか」

「生きてる俺らが、あっちで流した灯籠の灯、こっちで見えたろ？」

「はっきり見えた。復興してなくて、灯籠どころじゃなかったと思うのに、毎年やってくれて……嬉しかった。毎年、みんなで見てた」

「だから、こっちで流すと、必ずあっちで生きてる人たちに見えるんだよ。手紙だって届いてたんだから」

航は静かにうなずいた。そして一瞬口をつぐむと、晃を見た。

「兄貴、苦しんだろ、八年間」

晃は黙った。

航も黙った。

やがて、航が小さく頭を下げた。

「ごめんな、俺たちだけ死んで」

謝られるとは思わなかった。

こっちにいる人たちは幸せなのだ。だから、残された人たちに悪がっている。

「航、よくわかったよ」

つい笑顔になっていた。

「よかった。こっちの人はみんな、残された人たちに幸せになってほしいんだよ」

晃は茶化した。

「何だよ、航。お前たちが楽になるために、残された者が幸せになってほしいってか？」

　航も茶化した。

「あ……バレました？」

　晃は航をどつくと、居間に向かって叫んだ。

「大人たちは灯籠を作りまーすッ」

「酒、ストップしてくださーい」

　航は大声をあげながら、居間に駆けこんだ。晃も後を追った。目の前に、硬い表情でにらみつけている美結がいた。

　晃は「大丈夫、夕暮れには終わる」と、指でマルを作った。

　それを見ても、美結は信じられなかった。すでに午後三時を回っている。夏の陽は長いとはいえ、六時半にはここを出る必要がある。

　それまでに神輿と灯籠ができあがると、晃は本気で思っているのか。何よりも、祖父の行雄はこの酒席にもいないのだ。タクシーの仕事で走り回っているのだろう。

　美結は晃の腕を引いた。

「お祖父さん、本当に迎えに来てくれるの？　約束してるの？」

「約束はしてないけど、大丈夫だって。わかってるんだから」

航が張り切っていた。

「皆さんッ、灯籠作りに役立つかもと思ったら、何でもいいから持って来てください。接着剤とか和紙とかヒモとか、何でも」

晃も大声をあげた。

「あと、神輿に使う板とか棒とか、釘やカナヅチなんかもお願いします」

クミと良子は酒や肴《さかな》をどんどん片づけ始めた。クリーニング店の敏子ババやコンビニの坂口夫人ら、女性たちは作業台にするために、広いテーブルを拭《ふ》いたり、畳《たたみ》にビニールシートを敷いたり、気合いが入っている。こっちの世に来て初めての祭りだ。

無理はないと思いつつも、美結は不安でならなかった。

やがて大人も子供も、両手いっぱいに道具を抱え、戻って来た。

「アキちゃん、愛梨んちに金モールがあった。お神輿にいいよね」

「いい、いい！」

大人たちは板から竹ヒゴ、筆と墨に至るまでを運んできた。

「あ、糊足《のり》んねど」

「任せろって。糊と接着剤、あんだけ持って来たって」

「オー！　さすがコンビニだァ」

いつもと違う賑わいに、小太郎が喜んで走り回っている。

「子供たちは庭に出て。アキちゃんとお神輿作るぞ」

子供たちははしゃぎ、小太郎はシッポが振り切れそうに興奮している。

広太郎も庭に降りて来た。

「オンチャン、神輿チームに入っかな。ちゃっこい頃、毎年かついでだんだ」

愛梨が手を振り、断った。

「子供神輿だから、オジチャンはダメ」

「ん、そうが……」

しょんぼりしてみせる広太郎に、居間の大人たちが一斉に笑った。笑いながらも竹ヒゴを組んだり、和紙を切ったり、楽しくてたまらない様子だ。

子供たちは何を神輿にするかで、もめていた。

「俺、ティラノサウルスのお神輿」

「何それ。白雪姫にしようよ」

「男の子も女の子もいいのじゃないとダメだよ」

「だからパンダ」

萠が泣き出した。

「萠、子猫がいい。パンダ、ヤダ」

騒ぎに目をやりながら、美結はまた晃をつついた。

「今から何の神輿にするか決めるんでしょ。夕暮れまでにできっこないって。もう三〇分で四時だよ」

「何としてもやるから」

「絶対に無理。晃、指示だけ出してさ、いいところで航さんにバトンタッチしよ。

それで帰ろ」

「そう言ったって、ジイチャン待ちだから」

子供たちは、晃と美結に駆け寄ってきた。

「決まったよッ」

「パンダにした！」

「そうか。一番いいよ。な、美結」

「あ、うん。そうね。一番いいね」

健が少し心配げに、確認した。

「お神輿、今日かつぐんだよね。お祭り、今日だよね」

子供たちが息をつめて、晃の返事を待っているのがわかった。

「今日だよ。今日がお祭り。今日、お神輿をかついで、灯籠を流すの」

子供たちは「ヤッター」と叫び、晃と美結にまとわりついた。

「僕らがかつぐとこ、アキちゃんとお姉ちゃんも見るよね？」

「子供神輿だから、アキちゃんとお姉ちゃんはかついじゃダメだけど、見るよね。

ね？」

「当たり前だろッ。ちゃーんと見るよ」

隣で美結がどんな顔をしているか、晃には容易に想像がついた。だが、あどけない顔で、乳歯の欠けた口で、そう言われて「先に帰るよ」と言えるものか。

「さ、早く作ろう。アキちゃんが板を切るからな」

「萠、お姉ちゃんと一緒に作る！」

「愛梨も」

美結が作り笑いをして、

「よーし、お姉ちゃんも頑張るぞォ」

と、懸命にそう言っていることに、晃は気づいていた。

——ごめん、美結。絶対に夕暮れのうちに作るから。ごめんな。

居間の大人たちの声が聞こえ、美結はさらに焦った。

「祭りが済んだら、みんなで酒だな」

「なにすや、今まで飲んでたっちゃ」

「飲み明がすんだ、祭りの夜は」

「ん、んだァ！　昔っからそうだったよねぇ」

美結は一分でも一秒でも早く、行雄のタクシーが戻って来ることを祈るしかなかった。

強烈な西陽が少しずつ力を失い、太陽が傾いていく。

美結は神輿の親棒に赤いテープを巻きながら、六時半まであと何時間かと、そればかり計算していた。

晃がそばに来て、不安を消すかのように言った。

「ジイチャンのタクシー、必ず来るから。『夕暮れはあの世とこの世のはざま時』って言ったのジイチャンなんだから」

美結は思いつめたような目で、うなずいた。

不思議なことに、死んだ人たちのいるここも、死んだ人たちと何かすることも、美結はまったく恐くなかった。子供たちも可愛かった。

ただ、有無を言わさずタクシーに押し込んだ晃に腹が立っていた。その上、無責任に「大丈夫。帰れる」と言うばかりで、何の根拠もない。それも二人は別れたのにだ。

居間では、灯籠の半数ほどができつつあった。墨で字が書かれた和紙を、灯籠本体に貼り付ける作業の最中だ。みんな生き残った人たちに語りかけながら、手を動かしている。

「こっちは心配ねぇがらね」

「いっつも見でっから」

「あっちもこっちも幸せだァ」

「今日も元気！　酒がうめぇ」

良子は得意の絵で、みんなの似顔絵や小太郎の姿などを描いていた。

掛け時計は五時になっている。あと一時間半で残りの灯籠を作り、神輿を完成させるのは難しいと、美結は確信した。

不格好なパンダだけは何とか完成していた。だが、晃は神輿の土台になる木を切っているところだ。ここにパンダを載せるクライマックスは、子供たちがやりたがるだろう。時間がかかるに決まっている。

クミと良子が、お盆を持ってやって来た。

「ほれほれ、みんな休まいん」

何と休憩まで取るのか。やっていらんない。美結は子供たちに言った。

「休憩なしで頑張れるよねーッ、みんな」

子供たちは盆の上にあるジュースや牛乳、ビスケットやスイカに大騒ぎし、美結の言葉など聞いてもいない。

良子とクミは、

「晃、ビールは夜のお楽しみだァ」

「〆《しめ》のカレー作《つぐ》っからね」

と口々に言い、晃は、

「ヤリーッ！」

と声をあげた。

とうとう美結はキレた。

ここの人たちを悪く言う気はまったくないが、あっちから来た人間をどう思っているのだろう。帰らなければならないことくらい、わかっているはずだ。

「晃」

「ん？」

「あなた、ここで暮らすのもいいと思ってない？」

晃は一瞬引いた。図星だったのだ。

「思ってないよ、そんなこと」

「思ってる」

「勝手なこと考えるなよ」

「勝手なのは晃よ。私のこと強引に連れて来て。私は帰らせてもらいます」

「どうやって帰るんだよ。ジイチャンのタクシーで、俺も一緒に帰るから」

「信じない。もうイヤッ」

「必ず帰れるって」

「晃は家族と一緒で、ここがいいに決まってる。それは当然だよ。同じように、私の家族はあっちにいるの。晃は『必ず帰れる』って、根拠もないのに言ってるだけ。お祖父さんはいつ仕事から帰るかわからないのに、無責任に口先ばっかり。いいから、こっちにずっといなさいよ。私は何としても帰りますから」

一気にまくしたてる美結に、晃はやっと口をはさんだ。

「まだ夕暮れ始まったばかりだろ。夏の夕暮れは長いんだから、落ちつけって」

「落ちついてるから、六時半までにここを出るのは無理だって言ってるの」

その時、突然、萠が激しく泣き出した。隣で愛梨が手をおさえて、しゃがみこんでいる。

「萠ちゃん、泣かないの。大丈夫だから」

愛梨が顔をゆがめて、笑ってみせた。だが、萠は大声で泣く。

「愛梨ちゃん、血出てる。いっぱい出てる」

友彦が大声をあげた。

「アキちゃーん、愛梨が手、切った！」

「ええッ⁉　美結、すぐ戻る」

晃は愛梨の方へ駆け出して行った。

晃は子供たちの中で、愛梨の傷を確かめている。

美結はそれを眺め、大きく息をついた。そして縁側にあがり、居間に入った。

静かだった。こんなに大人がいるのに、話し声ひとつしない。ひたすらに、ただひたすらに灯籠を作っている。和紙を捌《さば》く音の中、時折「よしッ」とか「んッ！」とかつぶやくだけだ。

美結が入って来たことにさえ、誰も気づかない。

この一心不乱ぶりは、子供神輿が時間内にできないことをわかっているのだと、美結は思った。

灯籠は陽が落ちてから流すから、時間は、ある。だがその前に、子供神輿を完成させなければならない。神輿はせめて日没前に巡行させたい。時計は五時半になろうとしている。

大人たちの「一心不乱」は、美結の焦りでもあった。

美結は居間の隅に置いてあったバッグを手にした。良子が老眼鏡ごしに目を上げた。

「あれ、なじょしたの？」

「い、いえ……ちょっとハンカチを」

クミが和紙を貼りながら、ついでのように聞いた。

「どう？　お神輿は」

「はい」

答えになっていない答えをも、まったく気にとめず、クミは和紙をピンと貼ることに必死だった。

「さようなら」

美結は小声でそう言い、小さく頭を下げた。

誰一人として気づかない中、外に出た。

第五章

美結《みゆ》は走った。

どこに向かって走ればいいのか、まったくわからない。だが、走った。来た時にトンネルを抜けた後、目を開けていられなかった。だが、広い通りに出たことだけは記憶にある。きっとタクシーやバスが通る道だ。

美結はおぼろげな記憶ながら、そっちに向かって走っていると信じた。走って走って走った。

だが、そんな通りには出ない。この方向だったと思うのだが、なぜか原っぱに出た。背の高い夏草が茂っている。来る時には、原っぱは見なかった……ように思う。

そこに沿って、細い道が何本かある。これも覚えていない。

心臓が大きく打つ。帰れないかもしれない。原っぱやこんな細い道を、バスが通るわけはない。それに、死んだ人たちが暮らすここは、どこにある町なのだろう。

ハンドバッグからスマホを取り出した。だが、さっきと同じで、「圏外」の表示が出ている。

どの方向を見ても、ここには家もなければ人もいない。だがさっき、子供も大人も跳ぶように家に帰り、絵の具や和紙などを持って戻ったではないか。コンビニの坂口は、売り物の糊《のり》をゴソッと自慢気に取り出していた。

どこかに家々や店があり、亡くなった人たちがいる。きっとバスや車も走っている。美結は「大丈夫！　必ずそこに出る」と自分を励まし、また走り出した。

陽はさらに傾き、原っぱの夏草に当たる光が弱くなっている。

「どうしよう……帰り方、わからない」

美結はつぶやいて、夕暮れの陽を見上げた。

その時、細い道の向こうから、一台の赤い車が走って来た。

「車だッ！」

美結は道の真ん中に立ちふさがり、バッグをビュンビュンと回した。

車が停まった。郵便配達の軽ワゴンで、ボディに「〒」とあった。郵便配達員なら、地理に詳しいはずだ。助かったと思った。

「すみません、仙台の太白区《たいはく》に行きたいんです」

若い男性配達員は窓を開け、何ごとかというように美結を見ている。

「仙台？　太白区？」

「はい。そこまでお送り頂くのは無理でしょうから、仙台に帰れる道まで何とか乗せてもらえませんか」

配達員は大きく首を振り、再びギアを入れようとした。美結は開いている窓にしがみつき、頼んだ。

「お願いします。仙台に続く道まで行って頂ければ、あとは何とかします。お願いします」

「わりぃねぇ。郵便屋は郵便は運ぶけど、人は運ばねんだ」

赤い軽ワゴンは、傾《かたむ》く陽の方へと走り去った。

美結はもう歩く気力もなかった。それでも軽ワゴンの行った方に歩いてみようと思った。きっと何かあるはずだ。

愛梨《あいり》はハサミの先を指に当てたらしく、傷口から血が流れていたが、浅い傷だった。

晃《あきら》は居間にある薬箱から、消毒薬や包帯を取り出し、手当てをした。それらもすべて、昔と同じ場所の同じ箱に入っていた。

晃はもはや、それを不思議だとは思わなかった。今いるここが、当たり前のように思えた。

「愛梨、えらかったな。全然泣かなかったじゃないか」

「うん！　愛梨、平気だよ」

「そうか。アキちゃんなら泣くよ」

「おかしーい、アキちゃん」

晃は笑いながら、美結のいた場所に戻った。

美結はいなかった。

「あれ？」

晃は作業をしている子供たちに聞いた。

「お姉ちゃんは？」

「わかんない」

「アキちゃん、見て。このパンダ、空飛べるから手を挙げてんの」

「こっちも見て。お神輿《みこし》に大きな鈴つけたんだよ、僕」

晃は返事もそこそこに、居間へと駆け上がった。灯籠《とうろう》の仕上げに夢中な大人たちに聞いた。

「美結は？」

「庭で神輿作ってんだべ」

「いないんだよ」

「そう言やさっき、ハンカチとがってバッグ持ってってたど。トイレじゃねぇの？」

――出てったな……。帰る気だ。どうやって。

血の気が引いていくのがわかった。

掛け時計は五時四五分を指していた。

「アキちゃーん！　お姉ちゃん、いないよ」

子供たちが縁側ごしに叫んだ。

「今ねえ、鈴を見せようと思ったら、いないの。な」

「うん。トイレにもいなかった」

棒立ちになっている晃を、航《わたる》がチラと見た。

「よーし、みんなでお姉ちゃん探そう。暗くなる前にだ」

航は大人たちにも言った。

「美結さん、そう遠くには行ってないと思います。手分けして探してください。子供は残しておくと、勝手に自分たちで探しに出るかもしれないので、僕と一緒に探させます」

大人たちは玄関へと飛び出して行った。

「兄貴、美結さんは夕暮れのうちにって、焦ったんだろな」

「……俺が悪かったんだ」

「大丈夫、そう遠くに行けないって」

航は庭の子供たちを束ね、外に出て行った。

晃は小太郎のリードを引き、

「お前、美結の匂《にお》いわかるだろ。連れてってくれ」

と走り出した。小太郎は散歩が嬉しいだけで、とても嗅覚が効くとは思えない。

だが、晃は真剣だった。

その頃、原っぱを抜けた美結は、ゆるやかな坂道のようなところに出ていた。やはり夏草が生い茂り、セイタカアワダチソウが坂の両側に群生している。空は薄暗い。腕時計は動いていなかった。

帰れない。また晃の家に戻ろうか。そう思っても、家の方角がわからない。

美結は大きな石に腰かけた。刻々と暮れていく空を見上げながら、二度と帰ることはできないんだと思った。

家族ばかりが浮かぶ。幼い日からの年月が浮かぶ。こっそりアイスを買ってくれた母、いじめっ子をやっつけてくれた姉。雪の朝、バス停で手袋を貸してくれた父。仙台はいつでも人に優しかった。街も川も空も。

もう帰れない。美結は顔を覆った。

「お姉ちゃーん」

子供たちの声がした。驚いてその方向を見ると、走って来る子供たちが見えた。

「お姉ちゃん、いたッ」

と言い、息を切らしながら坂道をのぼってくる。小さい萠《もえ》は健《けん》に手を引かれ、一人前の顔をして走って来た。航が守るようにつき添っている。

驚いた美結が立ち上がるのと、子供たちがまとわりつくのと、同時だった。

「お姉ちゃん、いた！」

「僕らが最初に見つけたんだよ。ね、航ちゃん」

「そうだ。俺は気づかなかったのに、お前らが見つけたんだよな」

美結は子供たちの体を引き寄せた。生きていた時と同じように、汗の匂いがした。

「お姉ちゃん、急にいなくなるんだもん」

「ごめんね。よく探してくれたね」

「お姉ちゃん、僕らたくさん遊んでもらって、お神輿も一緒に作ってもらって」

「だから、お姉ちゃんが帰る時は、ありがとうって言おうねって」

「そうだよ。みんなで決めてたのに、お姉ちゃん、いなくなっちゃうんだもん」

「急にいなくなったら、ありがとう言えないよ。なァ」

美結は、汗で貼りついた子供たちの髪を撫《な》でた。

「そうか。みんな、お姉ちゃんにお別れの挨拶しようと思ってたんだ」

航が笑みを浮かべて、さりげなくその場を離れた。

「あとねえ、言うの。お姉ちゃんのこと忘れませんって」

「僕たちも元気に頑張るから、お姉ちゃん、元気でねって」

美結は涙ぐんだ。

「ごめんね……お姉ちゃんも急にいなくなりたくなかったの。ごめんね」

「お姉ちゃん、泣かないの。愛梨、指切っても泣かなかったよ」

愛梨は包帯の指を誇らしげに見せた。

「アキちゃんがほめてくれた。えらいねって」

その時、

「美結ーッ」

と叫んで、晃が小太郎のリードを引いて走って来た。後ろに航がいて、ゆっくりと歩いて来る。

「あッ、アキちゃんだ」

晃は息を整え、やっと言った。

「……よか……った」

「アキちゃん、先に見つけたの僕らだよ」

「そうだよ。ね、お姉ちゃん」

「僕たち、ちゃんとありがとう言えたよ」

晃はまだ荒い息で、言った。

「すごいよ、お前ら。よく見つけたなァ」

「簡単だよ。な」

一斉に「うんッ」と答えて胸を張る子供たちを、美結が促《うなが》した。

「さァ、急いで帰ってお姉ちゃんとお神輿作ろ」

驚く晃より先に、健が言った。

「おうち、帰らないの？」

「まだ帰らない。お神輿ができてから、みんなに『ありがとう、大人の言うこと聞いて元気でね』って言ってから帰る」

歯が抜けた口をいっぱいに開け、友彦《ともひこ》が、

「ヤッター！」

と叫んだ。まだオムツをしている萠までが、

「ヤッター！」

と真似て叫んだ。この子も死んだのだ。

航が小太郎のリードを引いた。

「さ、早く帰って作ろう。コタ、お前は全然役立たずだったけど、帰ったらうまいメシやるからな」

そして、子供たちを守るようにセイタカアワダチソウの坂道を下って行った。

晃は美結を見た。

美結も晃を見た。

「三月のあの日、地震や津波で亡くなった人たち、大人も子供も、突然だったのよね。家族にも友達にも、『ありがとう』も『さよなら』も言えないで。朝、行って来ますって出て行って、それっきり」

もう六時だろう。そんな空だった。

「きっとみんな、伝えたいことといっぱいあったよね。『一緒に過ごせて楽しかったよ』とか『誰にも遠慮はいらない。幸せになってくれよ』とか……『いつも見守ってるからね』とか」

「……急にいなくなられて、突然残された俺たちも言いたいことあったよ。せめて『ありがとう』くらいはな……言いたかった」

「でも、わざわざお礼なんか言うわけないよね」

「うん。明日もあさってても、みんなして生きてるって……疑いもしないもんな。普通、みんなと一緒の日がずっと続くと思うよ」

夕暮れとはいえ、まだ暑く湿った空気が二人を包んだ。

「子供たちが思い出させてくれた。私も晃に『今までありがと。楽しかったよ。元気でね』って言いたくて、呼び出したんだった」

「喫茶店でちゃんと言ってくれたよ。それで帰ろうとしたら、俺がタクシーに押し込んだ」

その時、遠く坂の下から、

「お姉ちゃーん、アキちゃーん」

「早くーッ」

と子供たちの声がした。

美結が叫び返した。

「待てーッ！」

晃の手を取って走り出した。だが、慣れない坂のデコボコ道な上、最も周囲が見えにくい時刻だ。

「キャーッ！」

転びかけた美結が、悲鳴と共に木の小枝をつかんだ。

「大丈夫かッ。あ、血が出てる」

「へーキへーキ。『愛梨、指切っても泣かなかったよ』だもん」

晃は自分の腕をガッチリとつかませ、また走り出した。


晃と美結、航、そして子供たちが家に着くと、大人たちは誰もいなかった。仕上げの途中の灯籠だけがあった。

「みんな、私を探しに……」

「美結、できあがらなくても帰ろう。あとは航、頼むな」

「任せろって」

やがて玄関に大声がして、大人たちが帰って来た。

「あいやァ、美結さん、いがったァ」

「今、玄関さ靴《くづ》あったからホットすたァ」

美結は頭を下げた。

「すみませんでした。勝手に外に出て」

大人たちはみな、美結はあっちの世に帰りたくて逃げたと気づいていた。だが、誰もが気づかぬふりをした。

クミが首をすくめた。

「美結ちゃんでなくたって、知らねどごさ来たら、ちょこっと散歩してみっぺってなるよなァ」

良子《りょうこ》もうなずいた。

「んだ。ジイチャンなんてさ、京都に行った時、興奮しては、あちこち一人で歩いてさ」

「あれは大騒ぎだったよねぇ。道わがんねぇぐなって、歩いてる人に聞ぐど、やれ東にまっすぐだの北に曲がれだのって、わかるわげあんめっちゃ。右が左がって言ってほしいって」

「んだよねぇ。ほら、みんな、ちゃっちゃど残りの作業すっぺしね」

クミはそう言って、美結に微笑《ほほえ》んだ。

「ちょっと台所、手伝ってける？」

台所で二人きりになると、クミは美結の手を取った。

「今まで、晃ば支えてくれて本当ありがとねぇ〜。母親としてどんだけありがてがったが」

思いもしない言葉に、美結は、

「……いえ」

というのが精一杯だった。

「んでも、もう美結ちゃんの思うように生きでいいからね」

「え……私たちの別れ話とか、見てたんですか」

クミは色白の頬をゆるめ、美結の手を離した。

「母親って、子供が幸せなのが何より何だもねぐ嬉しいんだ。美結ちゃんのお母《が》さんだって同《おんな》じだ。んだがら、ね」

クミの優しい目に、美結は返事ができなかった。

「晃はあんだに、もう十分すぎっくれ助けでもらったもの。本当、ありがどね」

台所から見える空は、タバコの煙のような色をしていた。窓には一匹のヤモリが張りつき、白い腹を見せていた。


居間の時計は六時一五分を指していた。天井《てんじょう》の電気がついている。誰もいない中、できあがった灯籠が並んでいた。

「カンセーイ！」

「ハクシューッ」

庭には居間の灯《あかり》の光がもれている。その中で、子供たちは賑やかに声をあげた。大人も総出で手伝い、ついに空飛ぶパンダ神輿が完成した。

神輿には白い幣《へい》もついていて、これは広太郎《こうたろう》が手作りしたものだ。広太郎は幣に触れて、子供たちに教えた。

「こいづは、神さんの依代《よりしろ》なんだ」

「ヨリシロ？　何のこと」

「神さんが降りて来て、ここさ取りつぐんだ」

「え？　神さま、僕たちがお祭りやること知ってるの？」

「愛梨、いくら神さまでも知らないと思う」

「そうだよな。だったら、神さま呼ばなきゃ大変だ」

健がそう言って、真剣に広太郎を見た。

「オジチャン、神さまってどうやって呼ぶの？」

広太郎は詰まった。幼い頃からお祭り男ではあったが、神の降ろし方など考えたこともない。いつだって、すでに神は宿っているものとして、柏手《かしわで》を打ってきたのである。

広太郎は困って、晃と航を見た。二人とも小さく首を振った。父親に目で問われても、神の降ろし方など、想像もつかない。

神社もないし、神主もいない。誰がどうやって神を降ろすというのか。

さりとて、「依代」などと言ってしまった手前、神が宿っていない神輿をかつぐことになれば、子供たちは必ず言うだろう。

「オジチャン、神さまいないお神輿ってアリなの？」

「俺、ないと思う」

「な。オジチャン、どうすればいいの？」

何とか言わないとまずい。しかし、どう言って、この場をおさめればいいのか。

晃も航も目を伏せた。

すると、健が頬を紅潮させて言った。

「みんなで呼べばいいんだよ。呼べば、神さま来るよ」

「愛梨もそう思う」

「みんなで呼ぼう。せーのッ」

子供たちは暮れゆく空に顔を上げ、大声をあげた。

「神さまーッ、神さまーッ」

歯の欠けた口を開け、オムツをした体で、幼い子たちが顔を真っ赤にして叫ぶ。

「神さまーッ、神さまーッ」

この子たちが神なのだ。

晃はそう思った。


居間では祭り半纏《はんてん》にハチマキ姿の神たちが、良子の前に列を作っていた。

良子は一人一人の小さな鼻に、白粉《おしろい》を塗っている。晃は胸がつまった。

――この子たちは、まだこんなに鼻が小さいうちに死んだんだ……。

掛け時計は六時三五分を指し、もはや夕暮れは過ぎていた。

最後の萠に白粉が塗られたのを見ると、晃は大声で命じた。

「神輿、灯籠、行けーッ！」

「オーッ！」

大人も子供も一斉に雄叫びをあげた。

航や大人たちは灯籠を庭に運び出し、子供たちは美結と一緒に神輿に駆け寄った。

晃も庭に出ようとした時、広太郎とクミが寄ってきた。

「晃さい、みんなのこの気合い、晃のおかげだァ。ねぇ、アンダ」

「んだなあ。神輿や灯籠こさえるなんて、誰にも無《ね》がったもんな」

「晃、ありがど」

「何だよ、かしこまっちゃって。俺はみんな元気で、幸せに生きてて嬉しいよ」

「んだべ。晃もこっちゃ来っか？」

「オー、そう来たか。それより親父、こっちで何かイヤなことあったら、ケツまくってあっちに帰って来いよ」

クミが、

「あらなんだべ、心強いごだ。これで安心して航と喧嘩《けんか》でぎっちゃね」

と広太郎の背を叩《たた》き、笑って庭に出て行った。

「ケッ。最近、航のヤロー、いちごの事《こと》で何かと俺に意見すんだ。データなんか出しやがってさァ」

そう言う広太郎は、嬉しそうだった。日焼けした顔が、若い者に負けることを喜んでいるように見えた。

「親父、サンキュー」

「ん？」

「急に俺の前からいなくなったんで、言えなかったけど……大学行かせてくれて」

「ケッ」

「好きなように生きさせてくれて……サンキュー」

照れくさくて、「ありがとう」とは言えなかった。

「ケッ。親として当だり前《めぇ》だべ」

「いや、でも……」

「晃、これからも、いづでも、好ぎなように思いっきりやれ。そうすれば、世の中ってとごは結構面白《おもしえ》もんだ」

「うん。跡継《あとつ》がなくて……ごめん」

「ケッ。優秀な航が継いでくれた方が、ずっとありがてぇよ」

「そうか。俺、データなんか出せるタマじゃねえもんな」

広太郎は、首にかけていたタオルで汗を拭《ふ》くと、まっすぐに晃を見た。

「お前、思う存分に新しく生ぎろ。俺たちはいっつも見でて、いっつも力送っから。んだがら、気合い入れて新しく生ぎろ」

広太郎は、顔を隠すかのようにまたタオルを使い、言った。

「晃、生ぎ残ってくれて……サンキューな」

広太郎も「ありがとう」とは言わなかった。それも、顔にタオルを当てながらのサンキューだ。

「サンキュー」

広太郎はテーブルの茶碗を手にした。そして立ったまま口をつけ、ほんのついでのように言った。

「人はな、命を繋《つな》いでいぐことが大事なんだ。生ぎ残ったヤヅは、元気に繋いでいぐ務《つと》めあんだぞ」

考えてもいない言葉だった。

「こっちさ来たヤヅらは、繋いでいく人間を見守り、元気にする務めがあんだ」

広太郎はさめた茶を飲み干した。

「行ぐど！」

晃は動けず、広太郎の後姿を見ていた。

――俺は今までずっと、あの震災さえなければと思って生きてきた。3・11さえなければ、幸せだったのにと、いつも思ってた。いや、俺だけじゃなく、たぶん生き残った人のほとんどが、一度はそう思っただろう。

晃も立ったまま、さめた茶を飲んだ。

確かに、震災ではなくても人は「あの頃はよかった」と言いたがる。「昭和の時代はよかった」、「子供の頃の町はよかった」、「昔のつきあい方はよかった」、何度聞いただろう。

――そのたびに、俺は「また昔話かよ」と逃げてたけど、あれは「今」に対処する力のないヤツの愚痴《ぐち》だったんだな。

すっかり暗くなった庭から、美結が呼んだ。

「晃、来て！　神輿も灯籠も準備完了ッ」

「よーしッ」

晃は縁側から庭に飛び出した。

子供は神輿をかつぎ、大人は手に手に灯籠を持ち、海辺へと向かった。闇にあたたかく光る灯籠が、子供たちの気負った顔を照らし上げる。

小さな鼻の白粉を照らし上げる。

航が大声で指示した。

「海に着いたら、灯籠は海に流してくださーい。お神輿はその灯籠が見える海沿いの道を行くよ。いいね」

「オーッ!」

「ハーイッ!」

空も周囲も完全に夜だった。

晃は美結の手を引いた。

「ジイチャンのタクシー会社に行こう。誰か送ってくれる」

美結は晃のその手を握り返した。

「お祭り見てから帰ろ」

「何言ってんだよ。もう夕暮れじゃないけど、今すぐならまだ帰れるかもしれない。行くぞ」

「待ってよ。晃だって見たいでしょ、お神輿巡行も灯籠流しも」

「そんなもの見てたら、帰れなくなる。行こうッ」

「帰りたいけど……見たい」

美結の目は、潤《うる》んでいるように見えた。

その時、強いライトが当たり、クラクションが鳴った。行雄《ゆきお》のタクシーだった。

「遅ぐなったな。乗れ。送る」

「来たッ‼」

晃は美結の手を引っぱった。美結はその手を払いのけた。

「お祖父《じい》さん、ちょっとだけお祭り見てから乗せてください」

「乗れ。もうギリギリだ」

「子供たちがかつぐとこ、ちょっとだけ。あと二、三分もすれば海の道ですから」

行雄は車のドアを開けた。

「早ぐだ」

晃は闇に向かって叫んだ。

「みんなー、ありがとーッ」

大人たちが手にしている灯籠の灯が、バイバイとでもいうように、左右に揺れた。

美結は覚悟した。

「みんなーッ、お姉ちゃん、絶対に忘れないからねーッ」

子供たちは神輿を上下させ、「ワッショイ」「ワッショイ」という声で応えた。神輿についていている真っ白い幣が、暗がりに上下するのがはっきりと見えた。

「航ーッ！　みんなを頼むなーッ」

「任せろーッ。こっちは何の心配もいらないからなーッ」

美結は上下する白い幣に、力の限り叫んだ。

「みんなーッ、大人の言うこと聞いて元気でねーッ」

闇の中、「ワッショイ」「ワッショイ」という声と共に、また幣が上下した。神輿と子供を守るように、灯籠が左右に揺れて応えた。

タクシーは二人を乗せて、走り出した。

窓を全開にし、晃と美結は身を乗り出す。闇を走るタクシーに、子供たちの掛け声が届いた。

「ワッショイ!」

「ワッショイ!」

何も見えなかったが、子供たちは満面に笑みを浮かべている。晃も美結もそう思った。歯の欠けた友彦も、指を切った愛梨も、オムツの萠もだ。

小さな神たちの祭りだった。

タクシーは一瞬だが、海の見える道に入った。

海には灯籠の灯が一面に揺れていた。それにかぶさるように、神たちの「ワッショイ」「ワッショイ」が聞こえた。

「みんなーッ、たくさん食べるのよーッ。好き嫌いダメだよーッ」

「みんなーッ、助け合ってなーッ」

タクシーは、すぐにまた木々のある道へとカーブした。

闇の中に掛け声が響く。

やがて、それは少しずつ少しずつ遠くなり、消えた。

晃と美結は背もたれに体を預け、ぐったりした。疲れ果てていた。

いつの間にか眠っていたのか、あのトンネルに入ったことも気づかなかった。

行雄の、

「着いたど」

という声で目がさめた。

あわてて窓の外を見ると、夕暮れの仙台だった。暮色《ぼしょく》の中に片平一番町教会があった。

「晃、仙台だ……」

夢からさめやらぬ様子の美結が、つぶやいた。

「うん……」

晃は大きく息を吸うと、思い切って言った。

「ジイチャン」

「何だ」

「何で突然、何で八年以上もたってから出てきたんだよ？」

行雄はバックミラーごしに笑顔を見せた。だが、何も答えない。

「なァ、何で？」

晃はバックミラーの行雄に、また問いかけた。

行雄は運転席から振り向いた。

「いなくなった人はみんな、八年たった今も笑って元気に生ぎてる。見たべ。どこの県の、どごの地元の人だちも、一八、〇〇〇人、昔のまんまに八年たっても笑って生ぎている。これでいいべ」

美結がすぐに畳《たた》みかけた。

「皆さん、どうして八年前のまんまなんですか」

「ああ、あっつでは自分の好きな時《とぎ》に年取るんだ。さ、降りな」

晃と美結は降りた。そして、開いている窓から運転席に言った。

「ジイチャン、出て来てくれてありがとう」

隣で美結が深々と頭を下げた。

「ジイチャン、また出て来て。なッ」

行雄はおどけたように敬礼すると、走り去って行った。

二人は呆《ほう》けたように、テールランプを見送っていた。

突然、美結がつぶやいた。

「こっち、まだ夕暮れだ」

腕時計を見た美結が、息を飲むのがわかった。

「晃、六時五〇分だよ。ここからタクシーに乗った時刻だ……」

「昨日もそうだった……」

そう言って、自分の腕時計を見た。スマホも正常に戻っており、時刻を示していた。

六時五〇分だった。時間はまったくたっていなかった。

二人は教会前のベンチに腰をかけた。

何がどうなっているのか、自分たちが確かに経験したことは何だったのか。考える気力もなく、無言で並んでいた。

　仙台の空は刻々と色を変え、暮れていく。木々が黒いシルエットになり、その間から遠くに街の灯が見える。

「なァ、夢だったと思わないか？」

「思う。……だけど、晃があっちに行ったの、二度目でしょ。そんなこと、ある？　それに……二人して同じ夢の中に入る？」

「だってこんなこと、ありえないだろう」

「うん……」

　そう言って、美結はまた腕時計を見た。

「ここに来てから、ちゃんと動いてる。時間がたってる……。さっき見た時から七分たってる」

　晃も自分の腕時計を見て、うなずいた。

　美結が「あっ」と小さく声をあげ、晃に掌《てのひら》を見せた。

　枝をつかんだ時の傷が、残っていた。傷口の血が固まっていた。

晃は今度こそ、はっきりと思った。

——あれは夢なんかじゃない。怪奇現象なんかじゃない。ホントにみんな、元気に生きてるんだ。

美結は傷口にさわり、微笑んだ。

「愛梨、指切っても泣かなかったよ」

晃も微笑んだ。

教会の窓のステンドグラスが、闇に色とりどりの灯をともしていた。

「この世からいなくなっても、終わりじゃないんだな」

「ん……。私ら、ちゃんと見たもんね」

——俺の中から今、自分だけ幸せになれないという気持ちが消えた。あっちで元気な家族を喜ばせるためにも、俺は幸せになるからな。

「美結」

「ん？」

晃の横顔は、ステンドグラスの下で赤く見えた。

「俺、いちご作る」

「えー⁉」

「俺、命を繋ぐ。親父のやり残したこと、やる」

ステンドグラスの下、美結は笑顔で晃の手を握った。

晃は突然立ち上がり、まっすぐに背筋を伸ばした。

「美結、俺と結婚してください」

美結は驚いた。だが、それはほんの一瞬のことだった。

「はい。私もしたい」

今度は晃の方が驚いた。

「ま、待てよ。そんなに簡単に返事していいのか？　いちごだって、うまく行くかどうかわからないんだよ。それに……今日、俺に別れの挨拶するつもりで来たんだろ」

「挨拶なんてどんどん変わるの。『一緒に幸せになろうね』が新バージョン」

晃は思わず、美結を抱き寄せていた。

そんな二人の前を、男が自転車で通りかかった。見てはいけないものを見たように、ペダルをこいで行った。

「いちご、私も一緒にやる」

「ダメだッ！」

「……何で？　喜んでくれると思ってた……」

晃は美結の体を離し、正面から顔を見た。

「美結は幼稚園の先生を続けて、定収入を得ろ」

「えーッ!?　何それ、超現実的！」

晃も美結も笑った。

いい夜だった。二人で仙台駅の方へと、手を繋いで歩いた。

星がきれいだった。今夜は特別にきれいだった。夜空に何万、何十万という小さな穴があき、そこから光が出てくるようだった。「満天の星」とはこういうことを言うのだろう。

だが、幸せな二人は夜空を見上げることもなく、互いの手の温かさばかりを感じていた。

——俺はもう一人じゃない。美結がいる。あっちには家族も小太郎もいる。

駅近くになると、さすがに人通りが増えた。ところが、彼らの大半は、足を止めて空を見上げている。

日頃、星とは縁のなさそうな男のグループも立ち止まっていた。

「今日、やたらときれいだなァ、星」

と、空を指さした。

つられて見た晃と美結の目に、こぼれ落ちるほどの星が見えた。

グループの一人が、思い出すようにつぶやいた。

「そう言や、三月十一日の夜も、星がきれいだったよなァ」

「な。プラネタリウムよりきれいだった」

「電気は全部消えて、仙台の街は真っ暗で」

「うん……星だけがな」

美結はうなずいた。

晃は東京にいたが、被災地の人から「あんなにきれいな星空は、二度と見られない」とどれほど聞いただろう。

そばに、五歳くらいの男児を連れた両親が立っていた。母親が空を指さして言った。

「イッちゃん、お空見てごらん。イッちゃんはまだ生まれてなかったけど、三月十一日にたーくさんの人がお空に昇って行ったの」

「死んじゃったの？」

父親がその子を抱きあげた。

「そうだよ。イッちゃんくらいの子供も、たくさん死んだ」

「でもね、その人たちはみーんなお星様になったから、お空で光ってるの」

子供は星空に手を振った。

サラリーマン風の男性二人は、誰かを亡くしたのだろうか。

「思い出すと泣けてくる」

「うん。だけど、あの日より今日の方が、星、もっときれいだと思わないか？」

「な。あの日は停電して、どこもかしこも真っ暗だったもんな。今日はこんなに灯がついてるのに、くっきり見える」

「不思議だな」

美結は小声で晃に言った。

「不思議じゃないよね。今日見えるのは、星じゃなくて灯籠の灯だもん」

「うん、灯籠の灯。生き残った人たちに見せて、力づけるって言ってた」

「ね。地上から見えるんだよって」

空を見上げる人たちは、どんどん増えていった。

――きっとみんな、３・11を思い出してる。消えた可愛い子供や、優しい親や、大事な人の顔を思い浮かべてるよ。あっちのみんなーッ、灯籠の灯はくっきり見えるぞーッ。

晃は繋いだ美結の掌に触れた。小枝の傷が感じられた。

第六章

二日後、晃《あきら》は広太郎《こうたろう》に買ってもらったスーツを着て、玄次《げんじ》から贈られたネクタイを締めた。髪にもしっかりと櫛《くし》を入れた。

こんな格好をするのは、東京で営業マン暮らしをやめて以来だ。東京での暮らしは思い出したくもなかった。スーツもネクタイも実はご免だ。

だが、今日は本気を見せるためにも、こうしなければならない。そう思っていた。

仙台駅からＪＲ常磐《じょうばん》線原ノ町行きに乗った。亘理《わたり》までは乗り換えなしで、三〇分ほどだ。

亘理駅に降りたのは、二年ぶりだろうか。仙台に戻った時、玄次に挨拶に来て以来だ。

——ああ、いちごの匂《にお》いがする。

今は夏いちごの収穫期とはいえ、あのほのかな香りが町中に漂《ただよ》うわけはない。だが、成田空港にしても、近くで醬油《しょうゆ》料理を作っているわけではあるまい。故国や故郷はその匂いがするのだ。

晃はいちご団地に向かい、ゆっくりと町を歩き出した。

仮設住宅は取り壊され、かつて海辺に近かった家々はもはやなかった。多くは高台や、他の町へと移ったのだろう。

少し遠回りをして、晃は自宅のあったところに行ってみた。行きたくはなかったが、幸せになるための覚悟だった。幸せをあっちの家族に示すための決意だった。

かつて家があった敷地は、二年前に見た時と同じだった。雑草がはびこる空き地のままだ。小太郎の小屋も桜の木も、あの日どこに流されたのだろう。

自分たちは、あの木を丁寧に世話していたわけではない。だが、木も動物も人も、誰かと暮らすと、生きる力が勝手に出るのだ。美結《みゆ》と暮らせるから、自分も力を出せる。

トシが住んでいた場所には、別の新しい家が建っていた。カリフォルニアのような、明るくしゃれた家だった。

――トシさん、どうしてるだろう。もう死んじゃったかな。トシさん、俺、元気に生きてくよ。ずっとありがとう。

自分の家もトシの家もなく、桜も小屋もなく、当時の名残りはどこにもない。だが、晃はまったく気にならなかった。

あっちの地元に元通りの家があり、元通りの人たちが元通りに笑って喧嘩《けんか》して、生きている。あっちが本物の世で、こっちが仮の世という気さえした。


スーツ姿の晃は、一棟のいちごハウスの前に立った。

深呼吸をして中をのぞくと、作業をしている玄次が見えた。

晃はもう一度深呼吸し、ネクタイを整えた。中に入った。

「玄さん」

「オオ、オオ！　晃。なじょしたんだ。いぎなり。イヤァ、久しぶりだなァ」

「はい。ご無沙汰《ぶさた》してました」

「どうだ、仙台は。俺、高台にちゃっこい家建《うちだ》てだんだ。メシ、食ってげ。カアチャン逝《い》っちまったがら、俺作《つぐ》んだけどな。酒はあっから」

「玄さん、お願いがあります」

晃は頭を下げた。

「俺、いちごがやりたいんです。決心は固いです。ゼロから教えてくれませんか」

玄次はわざとらしい、頓狂《とんきょう》な声をあげた。

「ハァッ⁉　ハァーッ⁉」

晃は高設《こうせつ》式のプランターを見た。九月には出荷のピークを迎えるのだろう、すでに真っ赤に熟れた実がびっしりとついている。

「親父も航《わたる》もできなかった高設式で、俺がうまい夏いちごを作りたいんです。途中で投げ出すことは、絶対にしません。何とか弟子にしてください」

晃はさらに深く頭を下げた。そして上げると、玄次が皮肉な笑みを浮かべていた。

「お前《めぇ》、農業は絶対ヤダって語《かだ》って、東京の大学に行ったんだべ。何《なん》もかも航に任せて。だべ？」

「はい」

「それに、俺の土産《みやげ》の夏いちご、有楽町の店に忘れて来たでねぇが。いちごに気がねぇ証拠だべ。あん時《とぎ》は俺も愛想尽ぎだんだ」

いちごと聞くだけでつらく、そばに置くことも食べることもできない日々だった。

だが、わざと忘れてきたとは言えない。

「お前、高設式は腰をかがめないで作業できっから、楽《らぐ》だと思ってんだべ。とんでもね。土壌作りから毎日の世話まで、生半可な気持ちでできる仕事でねんだ」

晃がさらに決意をのべようとするより早く、玄次は言った。

「お前のこどは信じねぇ」

あまりの一言に、晃は言葉を失った。

玄次はすぐに笑顔になり、晃の肩を叩《たた》いた。

「メシ食ってげな。五時過ぎにまた、ここさ来い。新居に案内すっから」

その笑顔から、晃の話は打ち切りだとわかった。そして、奥のプランターに向かい、歩き出した。その背に晃は言った。

「俺、前に親父から聞いてます。農業に必要なのは、水と太陽だって。水は谷川という名字だから、もうある。長男には日の光という漢字で『晃』にしよう。玄さんと二人で考えた名前だと言われました」

振り向いた玄次の前に、晃は歩いた。

「俺、回り道しましたけど、やっと名前にふさわしい仕事に気づきました」

「ほう、今っ頃ねぇ」

「俺、本当にやっと気づいたんです。親父や航があんなに必死になっていたいちごを、俺はどうしてやらなかったんだろうって。多くの人が津波で家や家族を失って、いちごのハウスも流されました。希望を失って当たり前なのに、故郷の人たちはそれでも『亘理はいちごだ』って立ち上がった。いちごはこの町を復興させる。俺にもやらせてください」

話しているうちに、晃は目の奥が熱くなった。だが、ここで涙などを見せては、よくある三文芝居《さんもんしばい》になる。

晃はそれがバレないように、また頭を下げた。

「お願いします。いちごで懸命に立ち上がった人たちと、一緒に仕事させてください。どんなに厳しくてもやります」

目の奥が落ちつくと、顔を上げた。

玄次はうっすらと微笑《ほほえ》んでいた。晃はそれを「よし」という意味だと思った。

あっちにいる広太郎と航の顔が浮かんだ。


今日も、教会の前に晃と美結がいた。二人は毎日のように、行雄《ゆきお》のタクシーに乗った時刻に来ている。だが、幾度来ても、タクシーは二度と現れなかった。

もともと、ここはタクシーが頻繁に往来する通りではない。大学や公園や教会のある住宅地だ。

美結は通りの先に目をやり続けている。だが、タクシーは今日も来ない。

「私、谷川家の家族になりますって、伝えに行きたいのに……」

「俺も、玄さんが弟子入り許してくれたよって」

だが、家族はとうに結婚のことも、弟子入りのことも知っている。晃も美結もそう思っていた。

「あっちからはこっちが見えるって言ってたもんな。何でもわかってるよ」

「そうだね。喜んでくれてるよね」

二人は立ち上がり、もう一度、タクシーが来ないかと確かめた。来ない。

見上げると、暮れていく空に、白い教会がさらに美しい。

「晃、私、結婚式はここで挙げたい」

晃も屋根の十字架を見上げ、うなずいた。


十月の陸前高田《りくぜんたかた》は、もう秋も深まっていた。風は涼しさを通り越して、冷たい。

漂流ポストを囲む木々は、黄やオレンジの優しい色に変わっていた。ポストだけは何ら変わることなく、真っ赤な古い形のままに立っている。

紅葉の中を、晃と美結が歩いて来た。何を話しているのか、晃は吹っ切れたような表情で笑っている。

ポストの前に来ると、二人はずん胴の赤い姿を撫《な》でた。

「みんな、今日の手紙はすごいよ。な、美結」

美結は顔をほころばせ、晃はバックパックのファスナーを開けた。

手紙の束が入っていた。結婚式の招待状だった。

半分を美結に渡すと、かわりばんこにポストに入れた。

コトンと小さな音がする。そのたびに、宛名の人に声をかけていた。

「愛梨《あいり》ちゃん、必ずおいでよ。必ずだよ」

コトン。

「親父、俺、結婚式なんてあがっちゃいそうだよ。教会なんて縁なかったもんな」

コトン。

「友彦《ともひこ》ちゃん、結婚式までには新しい歯、生えてるよね」

コトン。

「バアチャン、披露宴で歌ってよ。『どうしておなかがへるのかな』」

コトン。

「航さん、お兄ちゃんは早くもあなたをライバル視してますよ」

コトン。

「トシさんがもしそっち行ってたら、この招待状渡して。一緒に来てよな」

コトン。

「小太郎君、あなたにはとびっきりのドッグフード用意しとくからね」

延々とした投函《とうかん》が終わると、晃はまたポストを撫でた。

「みんな、生きてたんだよな」

「うん、みんな。あっちの地元でちゃんと生きてた」

空から舞ってきた黄色い葉が、ポストの差し入れ口に入っていった。

「わかった風な口叩くヤツ、いるだろ。死ねば『無』だとかさ」

「いるいる。バカだよね。生きてるんだから」

色づいた木々に、秋の夕風が渡っていった。

結婚式の参列者が、続々と教会に入って行く。玄次はスーツできめて、春佳《はるか》は大きいお腹を誇らしげに突き出していた。

教会の中には美結の両親や親戚が並び、列席者に丁寧に挨拶している。晃側の参列者は、玄次と沢村、グランドOA機器で世話になった吉村がいた。他に親戚が二、三人だけだった。

だが、晃は控え室で、礼服の胸ポケットを叩いた。

——生きてる家族と会わなかったら、ここに写真入れてたよな。航、今日はお前からもらった時計入れてるよ。あがりそうな俺を守ってくれ！　頼む！

やがて、厳《おごそ》かにオルガンが鳴り響いた。列席者は静まり返った。ステンドグラスから陽の光が注《そそ》ぐ。

讃美歌《さんびか》が流れる中、黒い祭服に身を包んだ牧師が、祭壇に立った。晃は背筋を伸ばし、一人で牧師に向かい合った。

やがて、室内後方のドアが開いた。花嫁は父親の腕を取っている。二人はゆっくりとヴァージンロードを歩いてきた。美結は白い花のようだった。

ヴァージンロードを、讃美歌に合わせて進む。腕を取られた父親は、相当硬くなっているのがわかる。祭壇の前まで来ると、父親は美結の腕を離し、晃の目を見た。それは「あとは頼んだよ。大切に大切に育てた娘は今、父親の元を離れて、あなたのところに行くんだよ」と言っているようだった。

晃は大きくうなずいた。美結の母親や親戚たちは、早くもハンカチで目をおさえている。

牧師が二人に、誓いの言葉を求めた。

「新郎谷川晃、あなたはここにいる岡本美結を、病《や》める時も健《すこ》やかなる時も、富《と》める時も、貧《まず》しき時も、妻として愛し、敬《うやま》い、慈《いつく》しむことを誓いますか」

「はい」

「新婦岡本美結、あなたはここにいる谷川晃を……」

美結はよく通る声で、

「はい」

と返した。

帰りのヴァージンロードを歩く時、美結が腕を取るのは父親ではない。夫となった晃だった。

オルガンが響く中、晃と美結は同時に気づいた。

大きな窓の向こうに、あっちで会った人たちが、笑顔でひしめきあっていた。トシもいて、両手を振っていた。

折り重なるようにしている子供たちは、全員が紙で作ったパンダやいちごのお面を、頭に乗せ、飛びはねている。

「お姉ちゃーん、お姫様みたーい」

「兄貴ーッ！　あがってないぞー！　いいよーッ」

晃はそう言う航に、笑顔で胸ポケットを叩いた。

「晃、今夜はこっつは大宴会だど！」

広太郎が張り切った声をあげた。

「お姉ちゃーん、愛梨もお嫁さんになりたーい」

「アキちゃーん、来年もあのお神輿《みこし》かつぐからねーッ」

美結は手にしていたブーケを小さく上下に振り、そして左右に振った。あの日の神輿と灯籠《とうろう》のようにだ。

それを見て、あっちの世の列席者からドウッと歓声がわいた。

教会の列席者たちには、何も見えないようだった。立ち止まって窓を見上げる新郎新婦を、感動の余韻《よいん》にひたっているのだと、温かく見守っていた。

「晃ーッ、美結さーんッ、いちごの花言葉は『幸せな家庭』だかんねーッ」

クミの声に、美結はついに泣き出した。晃は笑顔でその顔を見つめた。

そして今、間違いなくいちごの匂いを感じていた。

（完）

あとがき

東日本大震災で亡くなった方々は、実はどこかで生きているのではないか。私はそう思うことがあった。

あり得ない願望だと言われても、それは私の心を安らがせた。もしも、家族や大切な人を失った人たちも、そう思えたら安堵するのではないだろうか。

私は育ちは東京だが、ルーツは東北である。父は岩手県盛岡市出身で、母は秋田県秋田市。私は母の故郷で生まれた。そして現在も、母校東北大学の相撲部総監督を務めており、仙台が私に与えてくれたものは計り知れない。

震災からどれくらいたってからだろうか。被災地で時折耳にするようになった。

「〇〇タクシーの運転手さん、震災で亡くなった人を乗せたんだって」

「××さんの家で、死んだ子供のオモチャが夜中に動いたんだって。自分の家で遊びたかったのよね」

これを「幽霊」とか「お化け」と呼ぶ人たちもいたが、私は違和感を持った。この現象は生者と死者が交わることではないか。幽霊とかお化けの「怪奇」でくるのはいささか乱暴だろう。岩手県陸前高田市の「漂流ポスト」は、生者が死者に宛てた手紙を投函する。これも生者と死者の交歓だと私は考える。

震災から七年の時が流れ、二〇一八年の初夏のことだ。仙台の東北放送から、スペシャルドラマの脚本執筆を依頼された。それは、東北放送のテレビ開局六〇周年を記念する特別枠で、すでに二〇一九年秋の放送が決まっていた。同局のドラマ制作は実に二十二年ぶりだという。

私はその時期、突然の依頼を受けるのは難しかった。するとプロデューサーの一人が言った。

「何を書いていただいても構いません。ただ、条件がひとつだけあります」

そして、ひと息置いて続けた。

「東日本大震災に、どこかで触れていただきたい。放送の翌々年（二〇二一年）三月には、震災から十年になります」

それを聞いたとき、私はすぐに「亡くなった人はどこかで生きている」というドラマを書きたいと思った。東北放送であればこそ、単なるファンタジーでも怪奇譚でもなく、生者と死者の交歓を正面から作れるのではないか。ただ、「六〇周年記念ドラマ」として企画が通るとは思えなかった。

ところが、「すごくいい。それで行きましょう!」と即決だった。驚いた私が「本当に? 東北放送、いい根性してますねえ」とあきれたことを、今も思い出す。もしかしたら、同局の制作者たちも「心安らぐ話だ」と思ったのかもしれない。

私には、一点だけ決めていることがあった。それは巷で噂されているように「生者が死者をタクシーに乗せた」のではなく、逆に「生者が死者のタクシーに乗る」。そして、別の世界に連れられて行くという形である。

もうひとつ、ウディ・アレン監督のアメリカ映画『ミッドナイト・イン・パリ』が浮かんだ。アレン監督は、同作で主人公を同じ場所に二回トリップさせている。一回なら「たまたま」ということもあるが、二回となるとそこにリアリティが出てくる。私もそうしようと思った。さらに、二回目は元恋人と一緒に行かざるを得なくした。一人だけの経験より、「証人役」がいた方がいい。

脚本のために取材や準備を重ねながら、災害の傷跡は刻々と風化していくものだと実感させられた。それは東日本大震災に限らない。全国各地の、世界各国の、災害や事件に共通するものだろう。歳月とともに忘れていくことは、人間にとって救いになる場合もある。だが、当事者は「やられ損か……」という悲しみは歳月とともに深くなる。そこの本音をも書きたかった。

　こうして脚本が出来上がると、信じられないほどの俳優陣が出演を決めてくれた。二三六ページのキャスト一覧でおわかりの通り、こんな布陣、そうそうあるものではない。それも地方局制作であり、当初は宮城県と福島県でしか放送されない予定だった。俳優たち本人もマネージャーも、損得抜きである。

　主演の千葉雄大《ちばゆうだい》は記者発表の席で、

「この役は誰にも取られたくなかった」

　と明言した。宮城県出身者として、何とか力になりたかったのだと思う。相手役の土村《つちむら》芳《かほ》は岩手県出身であり、やはりすぐに手を挙げてくれた。さらに秒刻みのスケジュールを縫って、仙台出身のサンドウィッチマンの二人が出演を快諾してくれた。

　こうして、当初はわずか二県で放送されたドラマが、視聴者たちの後押しもあって、順次全国で放送されたのである。そればかりか、国内外の賞を数々いただけたことは嬉しかった。生者と死者はつながっていると、だれもが思っている証拠という気がした。

　やがて、東京でも放送され、その直後のことだ。潮出版社の編集者・北川達也さんから電話があった。

「ドラマを見ました。あれを小説にしませんか。小説として残せばテレビを見なかった人にも、またこれから先、震災を知らない世代にもずっと読んでもらえます」

考えもせぬことな上、時間的に猶予がない。何しろ、出版は震災から十年が経つ二〇二一年三月にしたいという。私の脚本をもとに、他のどなたかに書いていただく方がいいのではないか。そうも思った。

だが、東北放送が全力で取り組み、俳優陣が損得抜きで出演してくれたドラマだ。国内外で受賞もした。ここは私自身が書かないと、裏切りにならないか。それは、私の東北人としての気概だったのかもしれない。小説を書き終えた今、そう思っている。

災害や事件や戦争の後、町が復興したからといって、被災した人々の心も復興するわけではない。家族や大切な人を失い、故郷を失った人たちの心が癒されることは、一生ないだろう。

だが、大切な人たちは目の前からは消えたが、別のところで元のままに生きている。いつもこっちを見守って、大笑いしながら話し、酒を酌み交わしている。子供たちは祭りに大騒ぎし、伸び伸びと育っている。あらゆる災害や事故に遭われた方々が、もしもそう思ってくださったら、こんなに嬉しいことはない。

たくさんの方々のお世話になって生まれた小説だが、透明感のある美しい装画を描いてくださった画家の栗城由香さん、それを活かしてくださったデザイナーの金田一亜弥さんのお力は大きかった。そして、東北放送のスタッフには舞台地について細かく教えをいただいた。同局の藤沢智子さんの方言監修により、仙台人の香りがどれほど漂ったことだろう。また、私の質問にお答えくださった宗教学者で東北大学の鈴木岩弓名誉教授に、御礼申し上げたい。

誰よりも、この小説を読まれた皆様、ありがとうございました。コロナ禍が終息後、ぜひ本著の主人公二人のように、東北の温泉巡りを楽しんでいただきたいと願っています。

（文中、一部敬称略）

令和三年二月　　東京・赤坂の仕事場にて

内舘牧子

tbc テレビ 60 周年記念ドラマ
小さな神たちの祭り

CAST

谷川　晃……千葉雄大

岡本美結……土村　芳

谷川広太郎……マキタスポーツ

谷川クミ……笛木優子

谷川　航……細田佳央太

谷川行雄……不破万作

谷川良子……白川和子

オルガン奏者……伊達みきお（サンドウィッチマン）

牧師（神父）……富澤たけし（サンドウィッチマン）

伊藤玄次……吉岡秀隆

STAFF

脚本……内館牧子

音楽……遠藤浩二

制作統括……石森勝巳（東北放送）

プロデューサー……畠山　督（東北放送）

北川雅一（TBS）

酒井聖博（TBSスパークル）

監督……松田礼人（TBSスパークル）

制作協力……TBSスパークル

製作著作……東北放送

本書はドラマ『小さな神たちの祭り』（内館牧子・作）の脚本をもとに、作者自らが小説として書き下ろしたものです。小説化にあたり、内容には若干の変更が加えられておりますことをご了承ください。

この物語はフィクションです。実在の人物、団体等とは一切関係ありません。

装丁　金田一亜弥（金田一デザイン）
装画　栗城由香
方言監修　藤沢智子（東北放送）

内館牧子（うちだて・まきこ）
1948年秋田県生まれ。武蔵野美術大学造形学部卒業。三菱重工業に入社後、13年半のOL生活を経て、88年に脚本家デビュー。テレビドラマの脚本にNHKでは大河ドラマ『毛利元就』連続テレビ小説『ひらり』『私の青空』、民放では『都合のいい女』『白虎隊』『塀の中の中学校』『小さな神たちの祭り』など多数。93年『ひらり』で橋田賞大賞、2011年『塀の中の中学校』でモンテカルロ・テレビ祭にて最優秀作品賞など三冠を獲得。21年『小さな神たちの祭り』でアジアテレビジョンアワード最優秀作品賞受賞。大の好角家としても知られ、00年9月より女性初の横綱審議委員会審議委員に就任し、10年1月任期満了により同委員退任。06年東北大学大学院文学研究科で、修士論文「土俵という聖域—大相撲の宗教学的考察」で修士号取得。05年より同大学相撲部監督に就任し、現在総監督。著書に『義務と演技』『エイジハラスメント』『十二単衣を着た悪魔——源氏物語異聞』『終わった人』『すぐ死ぬんだから』『今度生まれたら』『大相撲の不思議』（小社刊）など多数。

小さな神たちの祭り
2021年3月11日　第1刷発行

著者　内館牧子
発行者　南　晋三
発行所　株式会社 潮出版社
〒102-8110　東京都千代田区一番町6 一番町SQUARE
電話／03-3230-0781（編集）
03-3230-0741（営業）
振替口座／00150-5-61090
印刷・製本　株式会社 暁印刷

ISBN978-4-267-02284-5 C0093
JASRAC 出 2100657-101

潮出版社ホームページURL◆www.usio.co.jp